Portrait de l'écrivain en chasseur de sanglier

Du même auteur
Bibliographie non exhaustive

Romans

Après le mur, Éditions Anne Carrière, 2019
Deux fois dans le même fleuve, Éditions Goater, 2022

Bandes dessinées

Escales (3 tomes), dessins de Mathieu Ephrem, Éditions Paquet, 2005-2008
En route pour le Goncourt, dessins de Mathieu Ephrem, Cornélius, 2011
La Suite de Skolem (2 tomes), dessins de Marek, Éditions Pirate(s), 2015-2016
Ex nihilo, dessins de Stéphane Douay, Éditions Pirate(s), 2015

Presse

« Les classeurs du cinéma », *So Film*, éditions Capricci, 2012-2014
« Postures et impostures de l'homme de lettres », *Décapage*, éditions Flammarion, depuis 2014

Jean-François Kierzkowski

Portrait de l'écrivain en chasseur de sanglier

roman

Mialet-Barrault Éditeurs
3, place de l'Odéon
75006 Paris

www.mialetbarrault.fr

ISBN : 978-2-0802-8298-9

À JBG, avec tout mon humour

C'est comme pour les Dupondt de *Tintin*, poursuit Jean-Bastien. Ils s'appellent quasiment pareil, ont le même métier, se ressemblent comme deux frères, mais ne sont pas parents, oh, non, pas du tout, puisque leurs noms s'écrivent avec un d ou un t à la fin. Et d'ailleurs… Suis-je au courant du moyen mnémotechnique pour les distinguer ?

Pourquoi me parle-t-il des Dupondt ?

La moustache ! continue-t-il sans prendre la peine de répondre à ma question. Dupond l'a ronde en forme de D et l'autre Dupont en pointe en forme de T.

J'éloigne le téléphone de mon oreille. En tant qu'éditeur, il n'y a pas à dire, Jean-Bastien se démène. En cette période de crise, il cherche toujours à rendre service à ses poulains. Son problème, c'est qu'il ne sait pas aller à l'essentiel. Il ressent toujours le besoin de digressions ahurissantes avant d'annoncer une proposition de contrat ou un refus de manuscrit. Comble de malchance : je n'ai pas le temps. Dans moins d'une demi-heure, Louise sort de l'école. Je n'aurais pas dû décrocher.

Au bout de mon bras, la voix lointaine, étouffée d'un grésil, m'offre un bref moment de répit. Quelle était l'origine de la proposition, déjà ? Participer à un ouvrage collectif. Une centaine de contributeurs, deux pages chacun, six mille signes pour un forfait de deux mille euros. Deux mille euros, ça fait quand même du un euro par groupe de trois signes. Si j'écris *Oui*, je gagne mon premier sou. Pour bien comprendre, rien que la première phrase de ce texte – « C'est comme pour les Dupondt de *Tintin*, poursuit Jean-Bastien » – me rapporterait une vingtaine d'euros (dont deux rien que pour les espaces blanches entre les mots qui comptent aussi pour caractère). Tentant. Mais sans moi.

Je coupe Jean-Bastien alors qu'il m'explique que Dupond et Dupont s'appelaient à l'origine X33 et X33bis et qu'ils apparaissent pour la première fois dans *Les Cigares du pharaon*. Inutile d'épiloguer, dis-je, c'est non, je ne travaille jamais sur commande. Il se désole de mon refus. Je demeure inflexible. Je ne suis pas de ces auteurs qui se laissent acheter. D'une part, j'ai des convictions et, d'autre part, une femme qui m'entretient : deux exigences à réunir pour une bonne indépendance littéraire. OK, Jean-Bastien comprend. Il ne s'obstinera pas. Je le félicite. Il nous connaît bien, moi, ma femme et mes convictions... Je lui demande quand même, juste pour rire, d'insister un peu, afin d'entendre la rhétorique invraisemblable qu'il développerait pour me convaincre. Ce sera un bon entraînement qui pourra lui servir, à l'avenir, avec d'autres auteurs plus influençables. Je lui cite quelques noms. Il n'apprécie pas. C'est tout à son honneur. Aucun écrivain n'aimerait que son éditeur glousse dans son dos. Et d'ailleurs, je le rassure, je ne pense pas une seconde que Paul Ravissand soit influençable, c'est un garçon très bien. C'est amusant que je parle de Paul, souligne Jean-Bastien : il fait justement partie de la liste pour le collectif. Ravissand ? Sans blague ? Et il a accepté ? Lui ? Une commande ? Qui consiste en quoi ? J'ai en tête les Dupondt. Peut-il reprendre depuis le début ? Sans digression. Le boulot. Point. Parce que l'heure tourne.

Après un soupir, Jean-Bastien me réexplique qu'il s'agit d'un ouvrage commémorant les Grands Prix de l'Académie française. Depuis 1915, les Immortels couronnent le meilleur roman de l'année. En 2015, ils souhaitaient sortir un livre recensant les cent lauréats, mais avec la lenteur qui les caractérise, le projet n'aboutira que fin 2023. Au final : cent huit ans seront à traiter. Le Centre national du livre subventionne en bonne partie le projet qui sera riche en photos, portraits et illustrations. Le ministère de la Culture met des billes lui aussi. L'ouvrage sortira en décembre de l'année prochaine. C'est le genre d'anthologie qui fonctionne bien à Noël : typique des cadeaux qui s'achètent quand on ne sait pas quoi offrir. Derrière tout ça, l'idée est de mettre à contribution des auteurs qui ont souffert de la crise du Covid. Pour accompagner l'iconographie, on leur propose deux mille euros pour la rédaction d'une notice explicative sur un Grand Prix et son lauréat.

Une simple notice ? Et Ravissand a accepté ? Comment a-t-il pu se laisser embarquer dans ce boulot de tâcheron ? L'année dernière, il accordait une interview aux *Inrocks* où il affirmait vouloir « sacraliser et préserver le mystère de la création ». Ce ne sont tout de même pas les deux mille euros qui l'ont fait fléchir ? Pas lui.

Ravissand s'est emballé pour le projet lorsqu'on lui a donné Pierre Michon à traiter, Grand Prix 2009. Il s'est dit ravi d'écrire sur celui qu'il considère comme son maître. Pierre Michon ? Rien que ça ? Et pourquoi on ne me l'a pas donné, à moi, Pierre Michon ? Jean-Bastien me raisonne. Ça n'aurait pas été logique. Mon écriture n'est pas… Enfin… Selon lui, il suffit de feuilleter mes romans pour constater que je ne fais pas partie de la même famille que Michon. Tiens donc ? Parce que Ravissand, lui, fait partie de sa famille ? Et ? Qui veut-on me donner ? Qui est de ma *famille* ? J'insiste sur le mot *famille* en le mettant réellement en italique à l'oral, c'est-à-dire en penchant le ton – et la tête – sur la droite. Je fulmine : Si on compte me *donner* (tête encore penchée) Joël Dicker, Grand Prix 2012, c'en est fini de notre collaboration.

Jean-Bastien me reproche de ne rien écouter. Il m'a déjà tout dit : on souhaite m'attribuer Châteaubriant, celui avec un t, Alphonse, Grand Prix en 1923 pour son roman *La Brière*. À ne pas confondre avec celui avec un d (et sans accent circonflexe), René, auteur des *Mémoires d'outre-tombe*. C'est comme pour les Dupondt de *Tintin*, répète-t-il. Ils s'appellent quasiment pareil, ont le même métier, se ressemblent comme deux frères, mais ne sont pas parents, oh, non, pas du tout, puisque leurs noms s'écrivent avec un d ou un t à la fin. Dupond et Dupont. C'est bon. Je recolle les morceaux. Et pourquoi a-t-on pensé à moi pour ce Châteaubriant-là ? Qui a décrété que nous étions de la même *famille* ?

Alphonse de Châteaubriant a vécu à Saint-Nazaire, comme moi, et son roman, *La Brière*, parle du marais de mon enfance. L'Académie considère que je suis l'homme de la situation. Vraiment ? Je m'étonne qu'on me connaisse sous le Dôme. J'aimerais avoir le nom de l'Immortel qui… Jean-Bastien me rappelle que je suis pressé, alors inutile de pinailler. Mon nom est sorti. Point. À présent, il faut juste répondre : je prends le contrat ou non ?

Je vais y réfléchir. Assis à mon bureau, je griffonne sur un Post-it : *François Korlowski, détaché de l'Académie française*. Ça sonne quand même pas mal. Je secoue la tête. Avant de me prononcer, je dois me renseigner sur ce Châteaubriant, son œuvre, sa bio… Voir s'il y a compatibilité. Jean-Bastien me propose de m'envoyer *La Brière* par coursier. Je lui rappelle que j'habite à près de quatre cents kilomètres de Paris. Peu importe, insiste-t-il, il faut être réactif. Nous sommes mi-octobre, l'équipe de contributeurs devra être bouclée début décembre et les textes livrés en avril de l'année à venir. Sans réponse rapide, le contrat risque de me passer sous le nez.

D'accord, va pour le coursier, mais, je m'excuse, je dois raccrocher : la sortie des classes.

Il comprend.

Je verrouille la maison et traverse l'allée de gravier baignée de soleil. Jean-Bastien ne m'a pas encore pleinement convaincu, mais j'avoue être intrigué. Comment diable les Immortels ont-ils pensé à moi ? La seule explication est une contiguïté bourbeuse. Après avoir quitté Saint-Nazaire et sa Brière, je me suis installé ici, à Saint-Mars-du-Désert, village jouxtant un autre marais, celui de Mazerolles, éloigné d'une centaine de kilomètres de l'océan en direction de Nantes. Est-ce bon signe que l'on m'associe aujourd'hui aux marécages ? Me considère-t-on comme un écrivain enlisé ?

La chaleur est étonnante pour l'automne. Je pousse le portillon. Des gouttelettes m'enveloppent d'une brume rafraîchissante. De l'autre côté de la rue, mon voisin nettoie torse nu les jantes de son 4 × 4 au tuyau d'arrosage. Joseph habite en face depuis les années 1970, du temps où le village comptait quatre fois moins d'habitants. À l'époque, il y avait des vaches partout autour de chez lui, sur des dizaines d'hectares, à brouter toute la journée dans les champs, radote-t-il régulièrement avec les yeux qui pétillent, comme si brouter le faisait rêver. Maintenant, c'est lotissement sur lotissement. Ça coupe le paysage. Chaque fois qu'il me raconte ça, je m'excuse d'être la première maison à lui boucher la vue. Il ne semble pas m'en vouloir. Le problème, c'est pas une baraque en particulier, aime-t-il philosopher, c'est l'ensemble en général.

Joseph aime aussi bichonner sa voiture. Une Jeep Comanche rouge vif. Ce modèle distribué exclusivement aux États-Unis a pour particularité d'être une version pick-up de la Jeep Cherokee. Les seules que l'on trouve en France ont été importées dans les années 1980 par des amoureux de la chasse. Ils y retrouvent les avantages essentiels des tout-terrain avec une puissance de 190 chevaux à 4 750 tours à la minute, idéal pour emprunter les sentiers de forêt et franchir les fossés. La garde au sol de 245 millimètres évite d'abîmer le bas de caisse sur les racines saillantes ou les troncs échoués des layons. Quant aux suspensions à ressorts hélicoïdaux à l'avant et à lames semi-elliptiques à l'arrière, elles assurent un confort de conduite optimal.

La partie basse de la carrosserie de la Comanche de Joseph est souillée de larges gerbes de boue brune. Sur le plateau arrière, dissimulée sous une couverture kaki, gît la masse trapue d'un animal. Retour de chasse. De sa main libre, Joseph me salue tout en poursuivant son décrassage de pneus au tuyau. Je lève le bras en réponse. *Oh Mon Dieu*, me dis-je, *je n'ai pas le temps. Faites qu'il n'engage pas la conversation. Je n'en peux plus de ces histoires de gibier, de calibres de carabines et de traques infernales.* Je lui lance un « Bonjour ». J'ajoute un « Ça va ? », puis demande si la chasse a été bonne.

Je me mords les lèvres. Pourquoi suis-je ainsi ? Qu'est-ce qui me pousse à réagir à l'inverse de ce que je souhaiterais ? Pareil pour les voitures : dans la vie, je déteste tout ce qui possède un moteur, la mécanique me hérisse le poil. Pourtant, dans chacun de mes romans, presque malgré moi, j'entreprends des recherches un peu trop approfondies pour décrire cliniquement les véhicules. Pur masochisme. Un roman, même autobiographique, peut se permettre des libertés avec la réalité. Si j'avais voulu éviter de parler du 4 × 4 du voisin, j'aurais pu écrire que Joseph sortait de chez lui à pied. Ça m'aurait épargné l'utilisation de mots dont je ne maîtrise pas bien le concept, comme les ressorts à lames semi-elliptiques, par exemple.

Encore que. Si Joseph avait été à pied, il n'aurait pas pu me cacher le produit de sa chasse. Même enveloppé dans une couverture portée sur l'épaule, j'aurais aperçu en partie l'animal. Effet de surprise avorté. Alors qu'avec les battants de son pick-up relevés, je ne peux distinguer que le renflement du tissu kaki. Je ne suis pas écrivain pour rien, je connais les astuces pour préserver les tensions narratives et surprendre le lecteur. Les jeunes auteurs peuvent prendre des notes, qu'ils en profitent, Ravissand n'est pas aussi généreux dans ses livres : lui préfère « préserver le mystère de la création ».

Si la chasse a été bonne ? répète Joseph de l'autre côté de la rue. Si elle a été bonne ? insiste-t-il en verrouillant son tuyau d'arrosage. Le mot *bonne* n'est sans doute pas le terme le plus approprié. Quand on attrape un truc comme celui qu'il a attrapé, on est en droit de se demander si la réalité n'est pas en train de se faire la malle. Des choses comme ça, c'est pas naturel. Sûr que la planète vire dingo. Il n'y a qu'à regarder le temps qu'il fait aujourd'hui : on frôle les trente degrés. Milieu octobre, c'est normal, ça, peut-être ? Pour en revenir à son bestiau, il grimpe sur son pneu arrière et m'invite à approcher. Il a conservé la chose sous une couverture, mais me prie de garder mon sang-froid quand il me la dévoilera…

Je scrute l'heure sur mon portable. Sans un sprint, je vais être en retard à la sortie des classes. Je m'excuse. Pas le temps. Mais à mon retour, si Joseph veut bien, je serais curieux d'étudier sa chimère. Il acquiesce et part mettre deux bières au frais. J'en aurai bien besoin quand je verrai ce qu'il y a à voir. Entendu. Je m'éloigne en laissant ce mystère dans une sorte de suspension semi-elliptique.

Écrivain, un métier.

Sur le chemin du retour, Louise me demande un hamster. Toutes ses amies en ont un. Enfin, non, pas toutes : cinq d'entre elles. Si elle était la sixième, elle pourrait organiser des après-midi hamsters où ses copines ramèneraient leurs animaux pour leur faire faire des bébés. Mouais… Je ne suis pas trop chaud pour que des petites filles organisent des partouzes de hamsters chez moi. Et puis – se rend-elle compte ? – ces bestioles se reproduisent à une vitesse ! J'ai lu sur internet qu'avec seulement six d'entre eux, on pouvait atteindre les six cent mille individus en un an. Le village serait envahi. Louise insiste. Je coupe court à notre conversation : au bout de la rue, un homme à gilet, casquette et sacoche rouges attend devant notre maison. Arrivé à sa hauteur, et avant même qu'il ne parle, je tends le bras, paume ouverte, en signe de refus. Le démarchage, non merci. Notre façade n'a pas besoin d'être ravalée, nos murs tiennent sans isolation performante et notre toiture se fera démousser plus tard. Le jeune, efflanqué, d'allure plutôt gauche, sort de sa sacoche un formulaire. Non. Non. Non. Inutile d'insister. Pas le temps pour un argumentaire commercial, les devoirs scolaires nous attendent. Je pose la main sur la nuque de Louise et enchaîne d'un ton plaintif : Pas facile les devoirs… Surtout pour ma fille… Quand vous la voyez, comme ça, du haut de ses dix ans, elle a l'air vive, mais écoutez-la lire un peu et vous réaliserez comme c'est haché menu dans son cerveau.

Le type hausse les épaules et me plaque son formulaire sur la poitrine. Si je suis pressé, lui aussi. Il a encore une bonne demi-douzaine de livraisons à effectuer avant la fin de la journée. Livraison ? Ah. Je signe le papier alors qu'il fouille dans sa sacoche. Il me remet une épaisse enveloppe à l'aspect matelassé. Louise me demande si elle pourra exploser les bulles à l'intérieur. J'ai à peine le temps de lui répondre que le livreur disparaît en trombe sur un deux-roues. Une Vespa apparemment, mais je ne saurais la décrire. Le véhicule étant garé derrière le muret de notre jardin, je n'y ai pas prêté attention. La vie est plutôt bien faite : j'évite une nouvelle description technique, longue et fastidieuse, et Louise y gagne du papier bulle.

Sur le seuil, je lui laisse le soin de déverrouiller la porte. Le temps qu'elle s'escrime à faire tourner la clé dans la serrure en relevant la poignée (système dont je n'ai moi-même jamais bien compris la logique), je décachette l'enveloppe et en sors un livre à la couverture d'un rouge écarlate facilement reconnaissable : la collection « Les Cahiers Rouges » de chez Grasset. Le titre : *La Brière*. L'auteur : Alphonse de Châteaubriant.

J'avoue être doublement épaté. D'une part, je ne m'attendais pas à ce que Jean-Bastien parvienne à me faire porter en moins d'une heure le roman (je savais que des sites internet répertoriaient les librairies susceptibles de vous livrer à proximité, mais je n'avais jamais testé l'efficacité de ce système dans ma campagne reculée). D'autre part, je n'imaginais pas Châteaubriant, celui avec un t, édité aux « Cahiers Rouges ». Pour comparaison, « Les Cahiers Rouges » sont à l'édition ce que le S.T. Dupont est au stylo.

Impressionnant, n'est-ce pas ? (Pour tout avouer, au départ, j'avais écrit « ce que le Montblanc est au stylo », mais après recherches, je me suis rendu compte que S.T. Dupont était une marque aussi prestigieuse que Montblanc, le côté bling-bling en moins. J'ai bien conscience que je gagne en précision ce que je perds en spontanéité.) Bref, pour éviter d'autres comparaisons laborieuses, je peux simplement dire que les « Cahiers Rouges » sont spécialisés dans la publication d'auteurs classiques-modernes internationaux, tels que Giono, Nabokov, Mauriac, Cocteau, Fitzgerald, Capote ou encore Whitman qui, lui, pour le coup, n'a rien à voir avec une marque de stylos de luxe.

Je demande à Louise de prendre son goûter dans la cuisine puis de filer faire ses devoirs, seule. Elle se débrouillera très bien, il n'y a pas de raison. À dix ans, en CM2, elle est autonome, même en lecture : hyperfluide. Et pour la dictée de mots ? La maîtresse leur demande de s'entraîner chaque semaine sur les doubles consonnes. Comment faire ? Je lui prête mon téléphone portable. Elle n'a qu'à utiliser le mode dictaphone, elle s'enregistre et repasse la bande. C'est quoi la bande ? C'est une façon de parler. Elle voit bien ce que je veux dire. Oust ! Si elle veut son papier bulle, elle doit se mettre au boulot et ne me déranger sous aucun prétexte. Papa travaille. Compris ?

Je rejoins mon bureau et retire pantalon et chaussettes. Il est vrai que la chaleur est anormale pour la saison. Ce trajet à pied m'a liquéfié. Je me vautre sur le canapé clic-clac et me plonge en chemise-caleçon dans *La Brière*. Je saute la préface. Je passe toujours les préfaces depuis le jour où, en ouvrant *Le Meurtre de Roger Ackroyd*, j'ai lu : « Dans ce roman, Agatha Christie réussit le tour de force de faire du narrateur le coupable sans qu'à aucun moment – et cela jusqu'au dénouement – le lecteur ne s'en doute. » J'aimerais militer pour que toutes les préfaces deviennent des postfaces, mais je n'ai pas encore trouvé de disponibilité pour me lancer sérieusement et durablement dans ce combat.

La tête calée sur un coussin, j'entends au loin Louise s'enregistrer. Elle s'y reprend à plusieurs fois : « Une échoppe, aplatir, une nappe, échapper, un apiculteur, approfondir, apitoyer, un uppercut, une trappe, approcher… » Je suppute en aparté le nombre de mots portant deux p, puis m'aperçois que je m'égare et commence la lecture du roman.

Dès les premières lignes, le terrain m'est familier : le héros, Aoustin, manœuvre une chaloupe dans l'estuaire de la Loire pour rejoindre son village de Brière. À proximité de Saint-Nazaire, il vire à tribord et s'engage sur le Brivet. Il remonte l'affluent, distingue au loin le feu des forges de Trignac, passe près de la prairie de Donges et atteint le pont de Rozé. Ces lieux m'évoquent mon enfance et l'écriture me plaît : les phrases sont joliment troussées dans un langage aussi riche que poétique. Aoustin possède « un visage à bec de rapace où brill[ent] deux yeux de laque », il porte une courte blouse « le vêtant comme d'un tissu de tille de mottes » et il navigue « maître de la mâture, maître de la vitesse, maître du corps et de l'âme ».

Le style est plutôt lyrique, les mauvaises langues diraient un peu pompeux. N'oublions pas que nous sommes en 1923, les critères esthétiques ont évolué. À l'époque, on était moins dans ce cynisme moderne consistant à dénigrer la poésie des choses simples. J'arrête ma lecture pour quelques recherches. Des yeux de laque, c'est quelle couleur, déjà ? Si j'avais mon portable, j'irais sur internet, mais là je dois sortir mon vieux Robert qui prend la poussière au-dessus du bureau. Laque : matière résineuse d'un rouge brun. Et la *tille de mottes* ? Quèsaco ? La *tille* (synonyme de *liber*) est une fine peau végétale située entre le bois et l'écorce du tilleul ou du chanvre riche en fibres qui, tressée, permet l'obtention de cordelettes. Dès le néolithique les cordes de tille ont été utilisées par les premiers hommes – passionnant. De nos jours, on aurait écrit : « Aoustin possédait des yeux rouge-brun et une chemise commerce équitable. » Bien moins poétique qu'il y a cent ans avec ces yeux de laque et ce tissu de tille.

Notre héros revient de Nantes où il a vendu sa tourbe. Voilà pourquoi ses habits semblent avoir été tressés dans des mottes : il est recouvert de cette poussière de terre noire. Lorsqu'il rejoint son marais au soleil couchant, le paysage se dévoile en une tirade exaltée : « Les prairies [...] commençaient à se couvrir de fines mailles d'eau morte, et même de larges nappes hérissées de piquants de joncs et de têtes de landèche se perdaient à l'horizon de pâtis roses et violets, pâtis de brume et pâtis de ciel, dans la confusion de limite de la terre et de l'air ».

C'est quoi des *landèches* ? Des carex, affirme le Robert... Cela ne m'avance pas beaucoup. En creusant la question, j'apprends qu'en patois briéron, il s'agirait plutôt d'une sorte de *Molinia* : plante de la famille des roseaux, rigoureusement identique aux joncs à la différence qu'elle pousse de manière légèrement oblique par rapport au sol. Seule l'inclinaison des tiges permet de distinguer les deux espèces. Entre quatre-vingt-dix et quatre-vingts degrés, ce sont des joncs ; en dessous, des landèches. Il est fort ce Châteaubriant ; en observant l'horizon dans le soir couchant, n'importe qui aurait songé : « Tiens, c'est marrant, il y a des herbes droites et d'autres penchées… » Lui, il en fait tout un poème. Et puis sa description des pâtis est lumineuse et sensible avec cette formule « de brume et de ciel », c'est comme « les fines mailles d'eau morte », ça impose une vision.

Faut-il expliquer les *pâtis* ? Ce terme, synonyme de terres incultes, m'est ô combien familier, à moi homme des marais, mais pour mes lecteurs ? Je réalise que si j'accepte la notice de l'Académie, il faudra que j'expose brièvement aux néophytes ce que sont la Brière, ses paysages, sa tourbe… Mille caractères minimum seront nécessaires à l'introduction. Je me lève et arpente la pièce à la recherche d'un exposé concis :

La Brière, gigantesque étendue de près de cinq cents kilomètres carrés, est un parc naturel protégé comportant des zones humides, des marais salants (ceux où l'on fait le sel de Guérande), une faune et une flore foisonnantes, nombre de rivières, ruisseaux ou affluents et de la tourbe. La tourbe est une matière organique fossilisée que l'on trouve essentiellement dans les sous-sols saturés d'eau. Lorsqu'on l'extrait et qu'on la sèche, on obtient un combustible moins efficace que le charbon, mais plus économique. Pendant des siècles, le commerce de la tourbe fut une activité importante qu'il fallut réglementer en Brière. À force de l'extraire du sol, l'équilibre écologique du marais s'en voyait perturbé. Dans le nord de la France, par exemple, le marais audomarois a disparu au profit d'un grand étang, ce qu'on a évité en Brière où un système de quotas a été instauré très tôt.

La porte s'ouvre d'un coup sec : Marjorie. Je ne l'ai pas entendue rentrer. Je me fige en caleçon, les bras levés, coupé en plein exposé. Elle me scrute des pieds à la tête. Après un silence, elle demande ce que je fais. J'explique la tourbe. La quoi ? La tourbe. Je travaille, quoi. Elle soupire : elle a tenté de m'appeler plusieurs fois du boulot et est tombée systématiquement sur messagerie. D'ailleurs, il y a un problème avec mon répondeur : notre fille y récite une liste interminable de mots avec un ou deux p. Je hausse les épaules et lui demande quelle communication urgente mérite de troubler mon nouveau travail mandaté par l'Académie française. L'annonce n'a aucun effet. Sans doute ai-je mangé mes mots dans l'enthousiasme. Marjorie n'a pas entendu distinctement l'expression *Académie française*, je ne vois pas d'autre explication. Elle enchaîne : N'as-tu rien oublié en rentrant de l'école ?

Je réfléchis, remonte le fil de la journée. Joseph ! Mais oui, bien sûr. Merci. J'ai promis au voisin de le rejoindre pour une bière. Il devait me montrer quelque chose. J'enfile mon pantalon et mes chaussettes qui gisent au pied du canapé tel un tissu de tille de mottes. Je m'élance. Marjorie me barre le passage. Il ne s'agit pas de boire une bière. Nous avons des invités pour un barbecue. Trois couples et leurs enfants au dîner. C'est important pour elle. Rapport à son boulot. Ai-je bien tout organisé ?

Je la rassure. Tout, oui. Il manque juste les grillades, les salades, les boissons et le charbon de bois, mais pour le reste, c'est bon. Je file au Super U. Si je m'y rends si tardivement, c'est que j'attendais l'heure où le soleil rase les pâtis dans un crépuscule de laque. Sur le parking, j'adore la confusion qu'il peut y avoir le soir entre la limite de la terre et de l'air. Pas elle ?

Contrairement à la littérature anglo-saxonne, le roman français n'a pas encore offert ses lettres de noblesse au barbecue. Prenez une nouvelle de Raymond Carver, vous y trouverez forcément un barbecue ; cherchez ensuite dans un roman de Pierre Michon, niveau grillades : zéro. Et pourtant ! Quoi de mieux que cette rôtisserie de jardin pour cristalliser les tensions sociétales et dévoiler les jeux de pouvoir et de domination ? Si la littérature hexagonale boude cet art culinaire, ce n'est pas à cause de son côté popu, mais plutôt de sa connotation américaine. Pour un écrivain français, faire américain c'est faire plouc. Tenez, Joël Dicker, par exemple, il y a des barbecues, des fêtes du 4 Juillet et des pom-pom girls dans quasiment tous ses romans. Combo rédhibitoire. Résultat : la profession le déteste. On n'écrit pas des romans américains quand on est francophone, c'est tout.

Tout ça pour dire que si j'ajoute une scène de barbecue à mon récit, ce n'est surtout pas pour affirmer une quelconque affiliation littéraire avec Joël Dicker. Rien à voir : mon barbecue à moi se veut cathartique. En France, je dois être le seul représentant du genre. Et puis, d'ailleurs, je ne vois pas pourquoi j'aurais à me justifier. À l'origine, l'idée de cette soirée vient de ma femme.

Nos invités sont arrivés. Le temps est encore lourd. Les femmes discutent politique avec

Marjorie. Les enfants jouent sagement dans l'herbe ; Louise a sorti son papier bulle qu'elle s'amuse à éclater en leur compagnie. (Franchement, a-t-on besoin d'acheter des hamsters ?) Quant aux hommes, ils me regardent m'affairer autour du barbecue, silencieux, les bras ballants.

Au village, les hommes ont une façon admirable de tenir leur bras. Moi, mes bras, quand ils ne sont pas occupés, je ne sais jamais quoi en faire. Si je les laisse pendre, ils tombent le long de mes jambes comme deux spaghettis mous. Pour ces gaillards ruraux, c'est une autre affaire : leur poitrail de bête de concours écarte ostensiblement leurs épaules du buste. Leurs bras ne tombent pas à la verticale mais partent de manière légèrement oblique en s'éloignant du corps. Maintenant que j'y pense, la différence entre eux et moi est la même qu'entre les landèches et les joncs : une simple question d'inclinaison qui donne à ces mâles l'allure de cow-boys toujours prêts à dégainer.

Me voilà donc avec mes deux pitoyables joncs occupés à allumer un feu à renfort de gestes inutiles face à trois paires de landèches qui, elles, même désœuvrées, se tiennent majestueusement. Je cherche un moyen de paraître moins bête. Moi, mon truc, c'est le verbe. Quand je parle, mes phrases ne tombent pas verticalement, elles prennent leur envol en quittant le sol de manière légèrement incurvée. Pour détourner l'attention, je pourrais me greffer à la conversation des épouses, ça en épaterait plus d'un.

Le problème, c'est que Marjorie ne m'offre aucune ouverture. Elle polémique sur les dernières législatives. Notre député récemment élu s'est engagé à défendre une loi d'aide aux stratégies collectives de développement de l'attractivité des zones rurales, mais il traîne en besogne. Une valorisation des territoires isolés est primordiale à l'essor du tourisme et de l'économie de notre circonscription. D'où la nécessité d'une pétition. La propriétaire du château des Ornières acquiesce. Depuis le temps qu'elle souhaite transformer sa demeure d'exception en chambre d'hôte, un coup de pouce serait le bienvenu. Idem pour l'administratrice de l'Association de la mémoire marsienne ainsi que pour la femme du président de l'association des commerçants et artisans.

Elle s'exprime bien, Marjorie. Son poste d'attachée au patrimoine et au tourisme pour la communauté de communes lui donne une forte légitimité dans l'expertise politique. Que pourrais-je ajouter à sa faconde ? Tenter une phrase du genre : « Les députés, ne seraient-ce pas ceux qui siègent à l'Assemblée nationale ? » Ridicule. À moins que… L'Assemblée nationale se situe à deux pas de l'Académie française. La transition est jouable. La tête penchée sur mes fagots, je me lance : Puisqu'on parle des législatives, il se trouve que je travaille pour l'Académie française en ce moment.

Aucune réaction des hommes. Leurs bras restent immobiles dans cette position virile, légèrement relevés, genre demi-molle prête à durcir, seuls leurs poils ondulent dans le vent, comme un champ de landèches sous une brise d'été. Je précise : Enfin, non, je ne travaille pas pour l'Académie française à cet instant précis. Là, je cuis des saucisses, mais ce que je voulais dire…

Le plus grand des trois hommes, le plus âgé aussi puisqu'il pourrait être mon père, et qui s'avère être le mari de la châtelaine (je l'appellerai donc pour cette raison : le châtelain), m'interrompt pour s'enquérir du prix au kilo de mes grillades. Je scrute le ticket des chipolatas collé sur du papier cellophane en bordure de barbecue. Neuf euros quatre-vingts, mais ce que je voulais dire : c'est que quand je ne cuis pas des saucisses, je travaille pour l'Académie…

Neuf euros quatre-vingts ! s'écrie le châtelain. Il se redresse, torse bombé, bras plus incurvés que jamais, et m'annonce avoir les mêmes saucisses pour sept euros trente-cinq. Sifflement d'admiration de ses deux compères. Les épouses se retournent. Ça fait quand même deux euros quarante-cinq de différence, précise la châtelaine. Le président de l'association des commerçants lui demande sa combine. Le châtelain explique que le Super U du village se fournit chez un éleveur de porcs localisé à quelques kilomètres. Après enquête, il a obtenu l'adresse. Il est allé voir le producteur et… banco : achat direct, sans intermédiaire, vingt-cinq pour cent de remise.

Très bien, très bien. C'est bon à savoir, mais pour en revenir à l'Académie française… L'administratrice de l'Association de la mémoire marsienne s'avance, elle souhaiterait connaître l'adresse. Quai de Conti. Mais non ! Pour la charcuterie. Le châtelain entretient le mystère : Comprenez, les coins à bonnes saucisses, c'est comme ceux à champignons, ça ne se partage pas. Rires. Dans ce cas, serait-il prêt à passer commande pour un tiers ? Bien sûr. Il sort son portable pour les comptes. Ce type a vraiment une tête de châtelain avec son nez droit, son front haut dégagé, ses cheveux blancs coiffés en arrière qui descendent sur la nuque et, surtout, son air hautain. Une vraie tête d'aristocrate posée sur un corps de brute nourri à la saucisse. Combien voulez-vous de kilos ? lance-t-il fièrement. Cinq à gauche, sept à droite. Du bout d'un tisonnier, je remue le foyer de mon barbecue. Les yeux rivés sur le charbon incandescent, j'effectue un rapide calcul puis me tourne vers l'assistance et annonce d'une voix claire et puissante : Moi, j'en prendrai deux cent soixante-douze kilos de vos saucisses.

Silence. Tous me dévisagent. J'ai enfin leur attention. Le châtelain me dit que, pour une telle quantité, il faudra sans doute payer d'avance. C'est un petit producteur, voyez-vous… Pas de problème, je cours chercher chéquier et crayon. Deux cent soixante-douze kilos à sept euros trente-cinq, ça fait dans les deux mille euros, c'est bien ça ? Oh, rassurez-vous, j'ai les moyens. Ma dernière proposition de contrat d'écrivain m'offre une rémunération d'un euro toutes les trois lettres écrites. Tenez, rien que le mot *saucisses* me rapporterait trois euros si je décidais de le noter dans mon texte. Évidemment, c'est un exemple, car je ne vois pas pourquoi j'écrirais le mot *saucisses* dans mon rapport pour l'Académie française. Oui, vous avez bien entendu : l'Académie française. Les Immortels me prient de leur livrer un texte sur Châteaubriant. Celui avec un t. Vous ne le connaissez pas ? Un auteur majeur du début du XXe siècle. Non, non, *J'irai cracher sur vos tombes*, c'est Boris Vian. J'imagine que vous confondez justement avec le Chateaubriand qui se termine par d. Celui qui a écrit *Les Mémoires*… Eh non. Non plus. *Les Mémoires d'Hadrien* c'est Yourcenar. Il y en a qui ont de bons restes du lycée, dites-moi ! Et d'ailleurs, Yourcenar, puisque vous en parlez, était académicienne. Comme Chateaubriand avec un d… Comment ? Oui, oui, c'est bien ça : l'Académie, c'est le bâtiment en face du Louvre, on y accède par le pont des Arts quand on vient du musée. Non, la tour Eiffel, c'est plus loin. Au niveau du pont d'Iéna. Oui, à proximité du pont de l'Alma, où est morte Lady Di. Vingt-cinq ans déjà… C'est dingue comme on ne voit pas le temps passer. Mais revenons à mon sujet : je vous parle du pont des Arts. Et d'ailleurs, non, pas du pont, mais de l'Académie française. Je bosse pour eux, en détachement. Trois euros chaque fois que j'écris le mot *saucisses*. C'est ça. Vous avez compris. Comment ?… Ah oui, c'est vrai : ça ne marche qu'au pluriel. Vous avez raison, *chipolata* serait un meilleur exemple : pile neuf lettres au singulier. Bref, vu que je vais gagner facilement cet argent, je peux commander deux cent soixante-douze kilos de *saucisses*. Les beaux jours sont encore là et les occasions de barbecue seront légion, n'est-ce pas ? Et puis, de toute façon, si l'été se termine avant épuisement du stock, la viande, ça se congèle, non ?

Acquiescement de l'assistance. Les femmes m'envisagent les yeux embués, les hommes rabaissent leurs bras et ravalent leur fierté. Au village, achever son discours par « la viande, ça se congèle » assure toujours le respect. En zone rurale, la surgélation des aliments fait consensus, en deviser est source de joie. La raison de cet engouement demeure confuse, mais j'ai peut-être une ébauche d'explication : le congélateur est apparu dans les années 1960, l'invention est donc extrêmement récente sur l'échelle de l'humanité. J'imagine qu'il faut au moins trois quarts de siècle pour qu'une génération cesse de s'émerveiller. La preuve : plus personne ne s'extasie de nos jours sur la mise en conserve ou sur le procédé de pasteurisation. La congélation, elle, a encore quelques belles années devant elle.

Fier de mon effet, je pivote vers le barbecue et positionne mes saucisses sur la grille. Je savoure le silence que seul le crépitement de la graisse ponctue (ainsi que l'éclatement du papier bulle que les enfants explosent consciencieusement depuis plus d'une heure, ne les oublions pas). Durant mon discours, j'ai soigneusement évité de croiser le regard de Marjorie. Elle a cette façon de froncer les sourcils capable de me faire bafouiller. Cette fois, dans mon dos, je l'imagine fière de moi. Son regard de femme aimante me caresse la nuque. Le monde entier me sourit à présent, même ce barbecue : j'ai mis du temps à l'allumer mais il n'y a plus rien à dire, les braises sont parfaites. Je manie les grillades comme la langue : avec dextérité. Je me sens invincible, maître de la saucisse, maître de sa cuisson, maître du corps et de l'âme.

Cette nuit, je dors sur le canapé de mon bureau. Marjorie m'a reproché un comportement indécent lors de sa soirée. Mes manières hautaines d'indécrottable bobo deviennent, paraît-il, insupportables. Je ne vois pas ce qu'elle veut dire. Être indécent, selon moi, aurait été de pisser dans les braises pour éteindre le feu, d'insulter nos invités à commencer par ces gamins dégénérés. Franchement, qui peut passer deux heures à éclater du papier bulle dans l'herbe, sans bouger ? Il est vrai que Louise faisait partie du lot, mais elle suivait par politesse, pour ne pas contrarier, comme son père. Oui, j'ai bien dit : comme son père. Quoi que Marjorie puisse penser, je n'ai pas été hautain. La preuve : j'ai complimenté cette châtelaine ignare alors qu'elle confondait Yourcenar avec Chateaubriand et l'Institut de France avec la tour Eiffel. J'aurais mieux fait de me taire et de m'occuper de mes saucisses, tiens ! Nos convives avaient moins de répondant qu'une barquette de chipolatas.

Marjorie avait rebondi sur ma dernière remarque. Parlons-en, des saucisses ! Deux cent soixante-douze kilos : en avait-on vraiment besoin ? J'ai précisé que je les achetais avec mon argent. Pas encore gagné. Certes, mais avec mon argent quand même. Elle s'est perfidement lamentée : pour une fois que j'avais l'occasion de participer aux frais du ménage ; l'isolation des combles devra être remise aux calendes grecques. Deux cent soixante-douze kilos de saucisses ! Elle ne s'en remettait pas. Étais-je capable de saisir le symbole ridiculement phallique derrière tout ça ? Le concours de celui qui a la plus grosse ? Il fallait vraiment que j'y réfléchisse.

Oh que oui, j'allais y réfléchir. Et j'allais même le faire de ce pas dans mon bureau. Qu'elle me laisse le temps de prendre un oreiller et elle ne me reverrait pas de sitôt. Me voilà donc installé dans le canapé, en caleçon, comme cet après-midi, avec la fenêtre grande ouverte, la touffeur ne capitulant toujours pas malgré l'heure tardive. Attirés par la lumière, quelques épais moustiques des marécages s'introduisent dans la pièce. Une demi-douzaine tourne au plafond. Tout en rêvassant, j'observe leur danse hypnotique. Mmh… J'aurais pu argumenter auprès de Marjorie, lui signifier que sa mauvaise humeur ne découlait pas de mon attitude, mais plutôt de la réaction décevante de ses amis. Lorsqu'elle proposait de relancer l'économie de la commune par une revalorisation du patrimoine, eux préconisaient l'implantation d'entreprises ; quand elle prônait les bienfaits du tourisme et de la nature, ils répondaient par des projets de zones commerciales.

J'aurais pu aussi lui souligner qu'à aucun moment elle ne m'avait félicité pour la proposition de contrat de l'Académie française. Parce qu'à l'origine, les deux cent soixante-douze kilos de saucisses c'est l'Académie française qui les paye, on a tendance à l'oublier. Et l'Académie française, eh bien, c'est quand même l'Académie française. Ma maîtrise du verbe aurait eu raison de la faiblesse de ses arguments. Si j'ai préféré ne pas insister, c'est qu'en vérité, cette dispute m'arrange un peu. J'ai de plus en plus de mal à dormir ces derniers temps et j'ai embarqué *La Brière*.

Les moustiques sont au nombre de huit à présent. Je dois faire abstraction de leurs lancinants zézaiements pour me plonger dans mon livre. Je garde tout de même un œil au plafond, au cas où l'un d'eux fondrait sur moi pour me téter le sang. Voyons… J'en étais à l'arrivée d'Aoustin en barque dans son village : Fédrun. Une fois chez lui, l'intrigue du roman s'ébauche rapidement. En plus d'être vendeur de tourbe, notre héros occupe la fonction de garde champêtre. Au deuxième chapitre, le maire lui rend visite pour l'informer d'une catastrophe : de sinistres entrepreneurs souhaitent combler, assécher et niveler une portion de marais pour la rendre exploitable. L'État soutient l'initiative en évoquant une cession de terrain des Briérons contre acquittement d'une dette jamais honorée (d'obscurs travaux sur le Brivet). Pas de panique, répond Aoustin, notre Brière est intouchable, nous n'avons pas de compte à rendre : un document datant de 1462, rédigé par François II, stipule que le marais est propriété indivisible des vingt et une communes qui s'y trouvent. Aucune décision ne peut être prise sans accord unanime. Le maire de Fédrun le sait mais le problème, c'est que depuis le temps les lettres patentes du roi ont été égarées. Il missionne son garde champêtre pour rechercher ces documents historiques. Une enquête contre la montre démarre, prétexte à une exploration du marais et une description de ses communes.

Je m'étonne de constater qu'avec cent ans d'écart, le débat entre développement économique et préservation du patrimoine reste le même. Ah ! Si j'avais lu ce chapitre plus tôt, j'aurais brillé à la soirée barbecue. J'attrape un bloc de Post-it sur mon bureau et note les idées à ressortir à Marjorie demain matin au petit-déj'. J'en profite pour prendre aussi mon téléphone. Je souhaite vérifier si cette histoire d'indépendance est vraie. Internet me confirme que la Brière est un territoire déclaré en autogestion depuis le XVe siècle. L'ensemble est géré par commission syndicale. Pour son roman, Châteaubriant s'est inspiré de faits réels : en 1890, des travaux de nivellement ont été entrepris avec le soutien du ministre des Travaux publics. Les Briérons se sont insurgés et ont saboté le chantier. Une lutte judiciaire s'est engagée pendant deux ans. Je note : *XVe siècle, Commission syndicale, 1890* sur un premier Post-it que je colle au mur, au-dessus du canapé.

Châteaubriant était-il Briéron pour connaître cette histoire ? D'après internet, non. L'auteur, né dans le dernier quart du XIXe, a vécu sa jeunesse dans la région nantaise et ne s'est passionné pour le marais qu'une fois marié avec une jeune Nazairienne en 1903. Nouveau Post-it : *région nantaise, mariage, nazairienne, 1903.*

En 1921, Châteaubriant termine le manuscrit de *La Brière* à Saint-Nazaire, installé chez ses beaux-parents, au 26, rue du Palais, rebaptisée aujourd'hui rue du 28-Février (Post-it). L'adresse se situe à moins de cinquante mètres de ma maison d'enfance. Comment ai-je pu l'ignorer ? À vivre dans ce quartier, j'aurais dû remarquer une statue ou une plaque commémorative quelque part. Faut-il que l'auteur ait obtenu si peu de succès pour que la ville l'oublie ? L'Académie m'aurait-elle attribué un tocard ? Je vérifie… Non, *La Brière* est loin d'avoir fait un bide à sa sortie. En France, c'est même le plus gros best-seller d'entre-deux-guerres : six cent mille exemplaires vendus, plus une adaptation cinématographique, plus le Grand Prix de l'Académie (Post-it). Pourquoi a-t-on oublié ce roman ? Je creuse. Au début de sa carrière Châteaubriant avait peu d'affinité avec Saint-Nazaire ; il s'intéressait davantage aux gentilshommes campagnards qu'aux rustres marécageux, aux pêcheurs ou aux ouvriers. En 1911, son premier roman, *Monsieur des Lourdines*, obtient le prix Goncourt avec une histoire de châtelain installé dans la campagne rennaise : ce genre d'atmosphère passe bien au-dessus de la casquette du travailleur des chantiers navals (Post-it).

Qu'ai-je donc d'autre à apprendre sur internet ? Tiens donc : avant de choisir pour titre *La Brière*, Châteaubriant avait nommé son manuscrit *Le Chasseur*. C'est une chanson, ça, non ? Qui l'interprète, déjà ? Michel Delpech. Et d'ailleurs, c'est amusant, je n'avais jamais vraiment prêté attention aux paroles, mais la partie de chasse a lieu dans un marais : « Il était cinq heures du matin, on avançait dans les marais couverts de brume. » (Post-it.)

Un moustique se pose sur le coin supérieur gauche de mon portable, le thorax épais, l'abdomen gonflé de sang. Je lève les yeux au plafond, ses congénères ont disparu. Je scrute mes jambes nues, huit boursouflures rougeâtres cerclent mes cuisses. Satanées bestioles. Celle-ci paiera pour toutes. Une pichenette ne suffit pas à la chasser. Une chiquenaude non plus. Ses pattes se crispent sur l'écran. J'essaye le soufflet. Toujours pas. Seule la mornifle la fait décoller. Tant mieux. J'arrivais à court de vocabulaire et… ça par exemple ! Déjà une heure du matin ? Je n'ai même pas dépassé le chapitre deux. Je m'éparpille. Piège littéraire à éviter lorsqu'on explore toutes les facettes d'un sujet. Un bon écrivain doit savoir se recentrer. Concentration. La suite du roman, maintenant, sans perdre le fil : *La Brière*, anciennement titré : *Le Chasseur.* (« Par-dessus l'étang, soudain j'ai vu passer les oies sauva-a-ages… »)

Et d'ailleurs, en parlant de chasseur, j'ai posé un sacré lapin à Joseph en fin d'après-midi. Il a dû m'attendre avec ses bières au frais. Par la fenêtre ouverte, je devine de la lumière dans la rue. Je me lève et scrute l'extérieur. En face, Joseph, toujours torse nu, fume une clope sur une chaise devant son garage. Je lui lance : Pas encore couché ? Il me répond que non, puisqu'il est encore debout. Ça se voit, non ? Je sens de la raillerie. Je me confonds en excuses pour cet après-midi. Je lui explique les devoirs laborieux de Louise, le barbecue raté avec Marjorie et surtout l'Académie française. Joseph me fait taire d'un vague geste de la main. Inutile de gaspiller ma salive, si je veux ma bière, c'est encore possible, elle est là, pauvre orpheline, depuis des heures sur le muret. De toute façon, par cette chaleur, personne n'arrive à dormir. Alors si je n'ai rien de mieux à faire… Avec plaisir, avec plaisir. Je travaillais pour l'Académie française, mais c'en est assez pour ce soir. J'enfile un pantalon et j'arrive.

Joseph a installé une seconde chaise pliante devant la porte relevée de son garage. Derrière nous, les néons nichés dans les profondeurs du béton projettent une flaque de lumière blafarde. Dès que nous portons aux lèvres nos bières, les goulots des bouteilles donnent à notre peau une teinte verdâtre. Joseph est affublé d'une longue cicatrice qui lui barre le visage du front au menton. Les éclats du verre soulignent dans la nuit les aspérités nébuleuses de cette blessure plutôt discrète le jour. Un ancien accident de chasse, paraît-il. J'évite de me tourner vers lui quand nous trinquons. Texas, un setter anglais, somnole à nos pieds en glapissant ponctuellement dans ses rêves canins.

La chaleur est poisseuse, la lune absente. Nous buvons en silence. Je sors mon téléphone. Une heure vingt-six. Plus de huit heures de retard sur notre rendez-vous, ce qui explique le goût éventé et la tiédeur de ma bière. Celle de Joseph, en revanche, paraît fraîche au regard des gouttelettes de condensation qui glissent sur l'étiquette. Soit mon hôte est un tantinet rancunier et me fait payer mon absence, soit il est un peu grippe-sou et estime qu'une bouteille ouverte doit être bue.

Joseph m'intime de ranger mon portable. Il me désigne sa montre au poignet. Si je souhaite connaître l'heure, je n'ai qu'à lui demander. Les téléphones, c'est plein d'ondes qui détraquent la nature. Il n'y a qu'à regarder le temps qu'il fait : trente degrés en journée mi-octobre, c'est normal, ça peut-être ? Je lui fais remarquer qu'il radote. Les médias nous cachent la vérité, poursuit-il sans m'écouter. La télé nous manipule. On doit se méfier de tous ces journalistes. On doit s'informer tout seul. Les insectes, par exemple. Ai-je vu comme ils deviennent gros et patauds ? Sur ce point, il a raison. Juste avant de le rejoindre, un énorme moustique s'est collé à mon portable. Impossible de le chasser. Joseph ouvre grand les mains : Parce qu'ils se nourrissent d'ondes pour muter. J'ai lu ça sur des sites internet sérieux, indépendants. C'est évident. Foutues bestioles.

Puisqu'il parle de bestioles, je me retourne et pointe ma bière vers son pick-up. Désigner les choses par le goulot fait partie des codes de bonne conduite au village. La bouteille utilisée comme extension du corps prouve le degré d'aisance dans une discussion virile et désinvolte, contrairement à l'index tendu qui fait petit garçon s'interrogeant sur le monde. De manière générale, toute utilisation de la main nue est à proscrire en milieu rural. La première année de notre arrivée à Saint-Mars-du-Désert, le jour de la fête de l'école, j'avais prodigué un coucou à ma fille en pleine *Macarena* sur le podium. Autour, tous les autres pères saluaient leur progéniture du bout de leur bouteille, comme s'ils trinquaient à leur santé. J'étais seul à lancer un geste enfantin, paume ouverte, doigts écartés, semblable à un enfant, ou à un attardé mental – la distinction entre les deux est parfois ténue.

La bière toujours tendue, donc, dans une position assurée, je demande à Joseph si la bestiole qu'il a chassée est encore sur le plateau de son véhicule. Il me répond que non, que la chaleur et l'obscurité risquaient d'attirer la vermine. Il a transporté le monstre dans un congélateur, enveloppé d'un plaid pour une meilleure conservation. J'acquiesce d'un air entendu et m'enquiers de la contenance de son appareil frigorifique. Devine ! s'exclame-t-il, yeux gourmands et torse bombé. À sa réaction, je sens qu'il possède une capacité de congélation bien supérieure au commun de la commune. Je sais flatter. Sciemment, j'annonce une contenance médiane, raisonnable, mais en deçà de ce que son orgueil laisse présager : trois cents litres ? Joseph s'esclaffe. Il est l'heureux propriétaire d'un premier coffre de cinq cents et un autre, plus petit, de deux cents. Quand on est chasseur, on a besoin de stockage. J'affiche un air impressionné. Cinq cents et deux cents : je murmure ces deux nombres comme si j'étais incapable de les additionner. Effet garanti. Tout est pardonné. Joseph m'ôte la bouteille des mains. Il est presque gêné à présent. Quand on possède de telles capacités de réfrigération chez soi, offrir une bière tiède est ridicule. Il disparaît dans le garage, revient avec une boisson fraîche, me la tend et me demande de le suivre à l'arrière de sa maison, dans sa remise. Le chien lève la tête. Allongé sur le béton, il nous regarde nous éloigner d'un air indifférent.

Joseph m'entraîne au fond de son jardin, dans une cabane au toit de tôle ondulée. Il actionne une ampoule par une tirette qui pend sur le côté. Une lumière de bronze dévoile le fourbi : échelles, chaises, bouteilles, jarres, cartons, cagettes, perceuse, scie, pots de confiture vides ou remplis de clous, de vis, d'écrous stockés sur des tablettes murales ou à même le sol.

Il y a même un groupe électrogène là-bas, précise-t-il en me désignant un coin d'ombre, pour alimenter les congélos, en cas de panne de courant.

Je progresse prudemment, évitant les obstacles. Après avoir contourné un stère de bois avachi, nous atteignons l'un des deux coffres, celui de cinq cents litres : imposant, massif, intimidant. Une main sur la poignée, Joseph me demande de m'approcher. Dans cette partie de la remise, les ombres se propagent en branches étoilées. Mes yeux ne quittent pas le poing serré de Joseph dont la pénombre grignote les phalanges. Quel monstre va-t-il me dévoiler ? Me vient à l'esprit l'image d'un moustique géant. Un de ceux boostés par les ondes téléphoniques, avec un abdomen de la taille d'un obus, rouge-brun, gonflé de sang. Si je surpasse mon dégoût, je pourrai au moins placer dans la conversation que l'insecte a un ventre couleur de laque. Réinvestir le vocabulaire de la journée, c'est déjà ça… Le congélateur s'ouvre. Une fumée réfrigérante s'en échappe et caresse nos visages d'une fraîcheur bienvenue. À l'intérieur, le plaid kaki enveloppe une forme malingre de la taille d'un renard, d'un chien… ou d'un moustique géant. Je réprime un haut-le-cœur. J'ai toujours détesté les moustiques avec leur thorax bossu, leur trompe pointue et leurs pattes effilées pareilles à de la tille de mottes. Même congelé, je ne pense pas être capable de soutenir cette vision.

Joseph soulève une moitié du tissu irisé de flocons blancs. Une fine pellicule de glace glisse vers le fond du coffre dans un bruissement cristallin. Poils et pattes apparaissent. Joseph dévoile la tête de l'animal : un petit sanglier.

Il ne s'agissait pas d'un moustique, en fait ?

Non, répond Joseph, c'est un marcassin. Tout jeune. Pas plus de quatre mois. On le remarque aux rayures longilignes qu'il porte sur le dos : ça s'appelle la livrée. Intéressant, renchéris-je. Et comment qualifierait-il la couleur de cette livrée ? Chez les chasseurs, le terme est *fauve brun* ou *fauve clair*. Ah. Mais elle vire quand même sur le rouge, non ? On ne pourrait pas dire autrement ? Non, les termes de chasse sont toujours précis. (Tant pis, ce n'est pas ce soir que je placerai mon *couleur de laque*.)

Avec recueillement, nous examinons le pelage parfait de l'animal. Seuls deux trous rouges sur le flanc gâtent son harmonie. Une abomination, grommelle Joseph entre les dents. Voyons… lui dis-je une main sur l'épaule, cueillir une vie si jeune est effectivement regrettable, mais il n'y a pas d'âge pour se repentir, même quand on est chasseur… Joseph me coupe. Je n'y suis pas du tout. Est-il possible que je n'aie pas encore remarqué l'étrangeté de la bestiole ? Je balaye du regard le corps sans vie de l'animal. Au bout du groin quelqu'un a installé des lunettes aux branches arrachées. Les lorgnons disposés légèrement en dessous des yeux donnent au marcassin un air intellectuel. C'est Joseph qui les lui a mis ?

Bien sûr que non ! répond-il, indigné. Personne n'a placé ces lunettes sur ce groin. Ou plutôt : aucun humain. Sa mère, la laie, par contre, y est certainement pour quelque chose. Le petit devait avoir la vue basse : elle l'a équipé. Équipé ? Joseph parle plus bas. L'heure tardive, l'obscurité, la chaleur et les compliments sur ses capacités frigorifiques le poussent aux confidences : Si certaines espèces régressent, d'autres évoluent. Les hommes sortent moins et restent cloîtrés à s'abrutir. Pendant ce temps, les sangliers, eux, s'organisent et annexent les campagnes. Ils deviennent intelligents, développent leur société. Joseph connaît leur leader : une vieille femelle au poil gris qui rôde autour du village depuis des années et qui protège son clan. Cet après-midi, deux marcassins traînaient à l'orée des bois : des jumeaux. Joseph en a tué un, mais n'a pas eu le temps de dégommer l'autre. Le survivant s'est enfui prévenir la cheffe de la horde. En moins de deux minutes elle était là, cette vieille laie, et elle l'a chargé. Joseph lui a tiré en pleine face. Elle s'est sauvée, le groin en sang. Ce n'est pas la première fois qu'il croise le chemin de cette satanée bête. D'une malice sans bornes, elle chaparde sans se faire remarquer. Impossible de la coincer. Elle sectionne les collets, escamote les panneaux des cages à capture, comble les fosses piégées et quand on cherche à l'affronter, gare à ses défenses ! La cicatrice qu'il porte au visage, c'est à cause d'elle, il y a vingt ans. Toute cette histoire, c'est exactement comme dans *La Planète des singes* : la civilisation humaine va laisser place à la suivante. Joseph me demande si j'ai vu le film. Celui où les primates deviennent intelligents suite à la création d'un virus en laboratoire. Un virus… Comme par hasard… Ça remue quelques souvenirs, non ?

Il faut relativiser, dis-je. L'interprétation d'un événement se fait toujours à l'aune de nos angoisses. Si ce petit marcassin avait des lunettes, c'est sûrement un coup du hasard. En cherchant des truffes, il a exhumé ces vieux lorgnons, ils se sont coincés sur son groin puis Joseph est arrivé, la bête a relevé la tête et… pan ! Tuée sur le coup. Voilà tout. Soyons rationnels.

Joseph, déçu, relâche la poignée de son coffre qui claque brusquement, manquant de peu de m'écraser les doigts. Soyons rationnels, répète-t-il. Dixit celui qui s'attendait à découvrir un moustique géant dans mon congélo.

Un café entre les mains, je relis mes notes censées clouer le bec à Marjorie. Je m'y perds un peu : *XVe siècle, 1890, 1903, 600 000, 26 au 28, Michel Delpech*… Six cent mille ? Ce n'était pas un nombre de hamsters, ça ? J'abandonne les Post-it sur la toile cirée. Après une nuit de quatre heures, je n'ai pas la force de rechercher leurs significations. Assise à table, face à moi, Louise me dévisage, inquiète. Qu'elle se rassure, je suis en état de l'emmener à l'école. Marjorie me reproche ma mine de papier mâché et ma tenue : je suis encore en caleçon alors qu'il faudrait partir dans moins de vingt minutes. Chaque journée passée sans pantalon érode à ses yeux mon prestige d'écrivain. Est-ce ma faute si ce début d'automne est caniculaire ? J'aurais bien voulu voir Victor Hugo en plein réchauffement climatique. Bouge-toi au lieu de pinailler, s'énerve Marjorie, je ne te demande pourtant rien de compliqué : un trajet à l'école le matin, un autre le soir. C'est tout.

Je n'ai jamais aimé certaines subtilités hypocrites de la langue française qui font qu'une expression comme « c'est tout » signifie en réalité « c'est rien ». Elle insiste en me rappelant notre arrangement : bien que Louise soit grande, sa mère ne souhaite pas qu'elle fasse les trajets d'école seule. La faute à la départementale D9 coupant le village en deux et gorgée de camions. Trop dangereuse à traverser. Je prends donc en charge l'aller-retour à pied (trente minutes) et, dans l'intervalle libre de la journée, je peux travailler mon œuvre. Neuf heures, seize heures : voilà le créneau créatif qu'on m'octroie. Ce rythme étriqué conviendrait à un ouvrier habitué aux plannings d'usine. Marjorie serait plus heureuse accompagnée d'un brave manœuvre qui installerait une pointeuse à l'entrée de son bureau avec le panneau : *Ici on produit de 9 h à 16 h.* Dommage pour elle, je suis un artiste qui laisse venir l'inspiration. Et l'inspiration, ça ne se commande pas comme une pizza livrée en moins de trente minutes… Je saisis un crayon et ajoute sur un Post-it : *inspiration ≠ pizza.*

Le temps que je termine mon café, Marjorie est partie à la mairie pour la journée. Il ne me reste plus qu'à ranger, nettoyer la table, balayer les miettes et vérifier que Louise se prépare. Cet après-midi, quand elle reviendra de l'école, je superviserai aussi les devoirs. Voilà l'exact arrangement. L'aller-retour n'est donc pas tout. J'inscris cela sur un bout de papier jaune : *c'est tout = pas tout*. J'enfile un pantalon et nous filons.

À neuf heures, de retour à mon bureau, ma journée commence enfin. Je me remets en caleçon, m'allonge sur le canapé et reprends mes recherches. Je suis vraiment parti dans tous les sens, hier soir. Sûrement la fatigue. La période de création de *La Brière* me semble encore confuse. Le roman a obtenu le prix de l'Académie en 1923, mais l'origine du projet daterait de 1908 sous le titre du *Chasseur*. Pourquoi a-t-il fallu quinze ans à l'auteur pour rédiger son texte ?

Je déniche sur internet un long portrait de l'écrivain signé d'un certain François Crucy publié dans *Le Petit Parisien* en 1923 à l'occasion de la remise du prix de l'Académie française. L'article me permet de mieux situer Châteaubriant et son œuvre. J'y apprends qu'Alphonse est né à Rennes en 1877 dans une famille noble aux ancêtres hollandais. Ses parents déménagent pour Nantes alors qu'il n'a que deux ans. À cinq ans, lorsque sa mère meurt des suites d'une maladie mal soignée, son père l'inscrit en pension, d'abord à l'externat des Enfants-Nantais, puis, adolescent, au lycée de Nantes. Durant ses études, il se découvre une passion pour la littérature et la philosophie. Après son bac, il cherche à intégrer l'école de Saint-Cyr mais échoue au concours. On le dit trop rêveur, trop sensible à la poésie et aux flâneries solitaires pour se plier aux rigueurs militaires. Il effectue cependant brillamment son service dans le 13e cuirassiers de Chartres. Alphonse s'avère un excellent cavalier et prend plaisir à chevaucher des journées entières dans les grands espaces naturels de la Beauce. Au bout de deux ans, il se lasse tout de même de ces galopades et trouve le paysage trop monotone à son goût (c'est souvent le problème avec la Beauce). Son service achevé, il renonce donc à devenir officier et abandonne la carrière militaire. Alphonse a vingt-trois ans. Après une enfance en pensionnat et un début à l'armée, il ne souhaite qu'une chose : goûter la liberté.

Le jeune homme se met alors à voyager. Il se promène à pied et joue au vagabond sur les côtes bretonnes. Du côté de Guérande, à Piriac-sur-Mer, il rencontre sa future femme, Marguerite. En 1903, ils se marient et s'installent à Saint-Nazaire où naissent deux garçons. Alphonse se trouve subitement à l'étroit. Lui qui rêvait de vagabondages étouffe dans son nouveau costume de père de famille revêtu trop tôt. Après tout, il n'a que vingt-six ans. La bougeotte le reprend. Il se déplace à Paris, fréquente la société littéraire et fait la connaissance de l'écrivain Romain Rolland. Une grande amitié naît entre les deux hommes. Romain pousse Alphonse à écrire. Il se lance. Plutôt doué, il peine toutefois à rester durablement assis derrière un bureau et ne produit que de courts textes qu'il publie dans des revues littéraires. Le besoin de bourlinguer le tenaille toujours. Il part en Hollande sur la terre de ses ancêtres. Seul. J'imagine que Marguerite ou quelques domestiques se chargent pendant ce temps des allers-retours des enfants à l'école. Quand il rentre, il écrit son premier long texte, « Instantanés aux Pays-Bas », publié en 1906 par *La Revue de Paris*.

À bientôt trente ans, Alphonse commence une vie d'écrivain rêveur. Il produit peu, ne se met jamais la pression, vit à son rythme et laisse venir l'inspiration. Les idées ne sont pas sommées de se présenter entre neuf heures et seize heures, c'est quand elles veulent. Il se balade autour de Saint-Nazaire, entame tranquillement un texte sur la Brière voisine qu'il intitule *Le Chasseur* et écrit en parallèle un autre texte sur le monde de la noblesse rurale. C'est ce deuxième texte qu'il achève en premier : l'histoire d'un gentilhomme campagnard. Cette figure aristocratique est un modèle tutélaire pour lui. Le livre a pour titre *Monsieur des Lourdines*. Le roman sort en 1911. Gros succès littéraire et prix Goncourt.

À trente-quatre ans, Alphonse est désormais un écrivain reconnu. Son éditeur, Grasset, s'enquiert avidement de ses projets. Il promet de livrer très bientôt son deuxième texte, *Le Chasseur*, déjà bien avancé. Ce qu'il ne sait pas encore, c'est qu'il lui faudra attendre douze ans pour l'achever. L'écrivain qui aime prendre son temps est happé malgré lui par les tumultes de l'Histoire.

En 1914, lorsque la guerre éclate, Alphonse est mobilisé en tant qu'ambulancier. Sa mission : effectuer des allers-retours entre les champs de bataille et les hôpitaux militaires de fortune pour rapatrier les blessés. Il débute par le secteur d'Ypres, en Belgique. Pour l'anecdote, juste en face, dans le camp adverse, se trouve un jeune caporal encore inconnu, lui aussi affecté à son premier poste, répondant au doux nom d'Adolf Hitler. Alphonse fait preuve d'un si grand courage qu'on l'envoie dans des zones de plus en plus sensibles. Les connaissances haut placées de sa famille affirment que c'est pure folie. Elles lui proposent d'intervenir pour le muter dans des bureaux. Il refuse la planque. Même si la barbarie l'épouvante, il se sent plus utile au cœur de l'action. Un jour, après une bataille, il est le témoin d'une scène abominable : un Allemand a sauté sur une mine, son corps a explosé en plusieurs morceaux. Une de ses jambes a atterri dans un arbre, ce qui fait la joie des soldats français qui s'amusent à tirer dessus. Les paris s'ouvrent sur celui qui arrivera à la décrocher. « J'ai vu l'homme tel qu'il n'est pas vu ailleurs et j'ai compris ce qu'aucune intelligence ne peut expliquer… » écrira Alphonse dans son journal de guerre.

À la fin du conflit, il a droit à une citation militaire pour bravoure : « A fait preuve des plus belles qualités de sang-froid, de courage et d'autorité au cours de la retraite de la Marne ainsi que pendant les bombardements de Verdun et sur l'Aisne. » Ces louanges ne pansent pas pour autant les blessures de son âme. Le héros revient chez lui les nerfs fragiles. Il tente de se reconstruire entre Saint-Nazaire et Piriac-sur-Mer. Lui qui autrefois ne tenait pas en place se cloître désormais à domicile pour écrire. Le manuscrit du *Chasseur* change de titre pour celui plus pacifique de *La Brière*. Alphonse se laisse pousser une épaisse et digne barbe qui impose le respect. Son épouse lui montre grande considération. Le climat tempéré du bord de mer n'oblige pas l'auteur à ôter sans cesse son pantalon, il n'irrite donc personne en se baladant à la maison en caleçon.

Alphonse se passionne pour la Brière, ses paysages épurés et ses habitants pétris de valeurs simples. Des vies rustres mais honnêtes, un respect des traditions, un goût pour la transmission, une existence en symbiose avec l'environnement : voilà tout ce à quoi il aspire désormais. L'écrivain se remet à sortir. Un peu. Il s'autorise plusieurs séjours à Saint-Joachim, village au cœur du marais, pour parfaire son éducation briéronne. Après de multiples réécritures, le manuscrit est enfin confié à Grasset qui s'impatientait. À sa publication, l'ouvrage s'avère la plus grosse vente de l'entre-deux-guerres : quatre-vingt mille exemplaires le mois de sa sortie, puis six cent mille par la suite. Alphonse a quarante-six ans. Ces dernières années l'ont brisé, mais la littérature l'a reconstruit. Fin.

Sacrée belle histoire. J'imagine déjà le titre de ma notice : « Châteaubriant, génie littéraire et héros ignoré ». Quelle injustice d'être tombé dans les oubliettes de l'Histoire ! L'Académie française me donne l'occasion d'une réhabilitation. Je rappellerai à la France le souvenir d'un de ses grands hommes et aux Nazairiens leur étrange amnésie. L'essentiel se trouve dans cet article du *Petit Parisien*. Il ne me reste plus qu'à tourner le texte à ma sauce, recopier avec exactitude les citations, y ajouter quelques considérations personnelles, et j'aurai mes six mille caractères. Encore un truc d'auteur : s'inspirer plutôt que recopier ; ne pas plagier, mais reformuler. Voilà du bon travail pour la matinée. Inutile de chercher à produire plus. Il ne me reste plus qu'à préparer mon plateau-télé du midi.

En semaine, je déjeune frugalement (du pain, du fromage et un peu de salade) devant les informations régionales de France 3. Marjorie me rejoint rarement. Ces derniers temps, elle préfère pique-niquer avec ses collègues de mairie. La présentatrice du 12/13 Pays de la Loire s'appelle Agnès Charante. C'est une femme d'un mètre soixante-quinze, élancée, cheveux châtain clair, yeux marron, visage fin, sourire large à la Julia Roberts, air mutin et parfaitement décidé. Elle est née le 19 décembre 1972 au Mans, a obtenu un master d'ethnologie à Brest (mention très bien) et a poursuivi ses études avec un doctorat d'anthropologie du contemporain. En plus de son travail de présentatrice télé elle mène en parallèle une carrière de chercheuse à l'École des hautes études en sciences sociales de Paris, travaille pour le centre de recherche de sciences politiques de Bordeaux et est également chargée de cours à l'université de Bretagne-Occidentale. Spécialisée dans l'ethnologie de la nature, des productions naturelles, de l'autochtonie et du patrimoine, elle est dans tous ces domaines une experte reconnue. Elle vit actuellement avec ses trois enfants à Bouguenais, village au sud de Nantes, dans un ancien corps de ferme au toit de tuiles et à la façade aux pierres apparentes située dans une petite rue tranquille.

Marjorie pense que j'ai un problème avec cette femme : pour tout connaître sur sa vie, c'est que je fais une fixation. Selon elle, je souffrirais d'une forme inquiétante de névrose d'admirateur monomaniaque. Les Américains ont un mot pour désigner les gens comme moi : les *stalkers*. Je balaie systématiquement d'un rire franc ce délire dicté par la jalousie. Aucune perversion dans mon attitude, juste un souci du détail. C'est une déformation professionnelle fréquente chez l'homme de lettres. J'ai le même réflexe pour les voitures : même si je ne m'y intéresse pas vraiment, je ne peux m'empêcher de les décrire de façon clinique. Il n'y a pas si longtemps, j'ai passé une heure à rédiger un texte sur le pick-up du voisin. Est-ce que cela signifie que je rêve de me procurer le même ? Non. Eh bien, c'est pareil pour Agnès Charante. Et puis, sérieusement… Quand tu t'appelles Jodie Foster, Mylène Farmer ou Björk, OK, tu peux t'inquiéter. Mais quand tu t'appelles Agnès Charante, c'est un peu comme si tu te nommais François Pignon. Tu imagines François Pignon se faire harceler ? Non. Alors, Agnès Charante, niveau *stalker*, franchement, je pense qu'elle peut dormir tranquille.

Mi-novembre. Le temps se rafraîchit sans virer au froid et je garde l'habitude de travailler jambes et pieds nus dans mon bureau. Pour la dixième fois au moins, je visionne sur mon portable cette fameuse vidéo d'Agnès Charante prise d'un fou rire en plein 12/13. À l'annonce de l'ouverture d'un jumping à Pornichet, elle s'emmêle les pinceaux : elle ne sait plus s'il faut dire « les cavaliers et leurs montures » ou « les chevaux et leurs montures ». Qui monte qui ? Elle hésite, lance le reportage puis explose d'un rire franc. La séquence – que je trouve un poil coquine – a provoqué un certain buzz sur internet, du moins à l'échelle régionale puisqu'elle compte plus de mille cinq cents vues.

Lorsque mon téléphone sonne et que le nom de Jean-Bastien remplace le visage d'Agnès à l'écran, j'ai encore le sourire aux lèvres. Il souhaite sûrement me faire un retour sur mon texte envoyé par courriel. Je décroche. Son bonjour est inquiet. Cela fait trois semaines qu'il tente de me joindre sans succès. Mon répondeur lance la voix d'une petite fille qui dicte une liste ; la dernière fois, c'étaient des mots avec un ou deux t. Je ramène le sujet à mon travail d'écriture. L'a-t-il bien reçu ? Il s'agit d'un jet créatif sans réelle relecture, car, il l'aura compris, j'accepte le contrat sur Châteaubriant. Cela fait déjà un mois que je planche dessus. Je lui réservais cette surprise. Je le remercie au passage pour l'envoi du roman et m'excuse de ne pas l'avoir rappelé plus tôt. Qu'il se rassure, le texte avance bien et sera largement prêt avant l'échéance d'avril prochain. Évidemment, je suis conscient qu'il faudra couper. Le manuscrit compte déjà plus de soixante mille signes, soit dix fois plus que demandé, mais écrire, c'est savoir faire le tri, n'est-ce pas ?

Jean-Bastien se racle la gorge. La longueur n'est pas le problème. C'est plutôt que… le travail envoyé ne correspond pas du tout à la commande. Mais alors pas du tout. Il faut garder en tête la rédaction d'une notice : un bref texte destiné à présenter sommairement un auteur et son livre. D'après ce qu'il a lu… il lui semble que je pars sur quelque chose de complètement différent, à mille lieues du sujet. En est-il sûr ? A-t-il lu mon travail jusqu'au bout ? Dans la dernière partie, je dresse une longue biographie censée réhabiliter Châteaubriant. Il ne peut pas être passé à côté. Jean-Bastien m'assure avoir tout lu, même le passage où je me targue de paraphraser un article du *Petit Parisien* de 1923. Il doute que l'Académie française valide le procédé d'écriture. Il faudrait varier mes sources. Quant à mon analyse de *La Brière*, elle est personnelle, mais demeure encore trop lacunaire : mes réflexions sur le livre se résument à peau de chagrin.

J'admets ne pas avoir complètement terminé la lecture du roman. Décortiquer le style et en étudier le vocabulaire prend du temps, mais cela en vaut la peine. Jean-Bastien connaissait-il les landèches, par exemple ? Bien sûr que non. Et les javelles ? J'ai découvert le mot cette semaine. Châteaubriant désignait les moutons dans les pâturages comme des javelles, c'est-à-dire des mulons de sel tiré d'un marais. C'est beau, non ? Il faudrait prévoir un glossaire à la fin de mon texte pour les lecteurs curieux – dont Jean-Bastien ne fait vraisemblablement pas partie, à ma grande déception.

Piqué au vif, il s'enflamme : le problème n'est pas tant les recherches de vocabulaire que les digressions incessantes. Suis-je capable de justifier la biographie d'une certaine Agnès Charante accolée à celle d'Alphonse de Châteaubriant ? En plus, il a vérifié, la journaliste ethnologue existe réellement. Mon texte ne prend même pas la peine de maquiller son nom alors que j'ai changé ceux de presque tous les autres protagonistes, à commencer par celui du narrateur censé être mon alter ego. Pourquoi ? Jean-Bastien n'ose imaginer ce qu'il en est des renseignements divulgués sur cette femme : trois enfants, la petite maison aux pierres apparentes… Suis-je vraiment allé fouiner aussi loin ? Quel rapport avec mon sujet ? Où est le fil conducteur ? Aucun sens.

Le rapport, c'est ma vie, le fil conducteur est celui de mon existence et le sens est celui de la littérature. Jean-Bastien qui est fin lettré devrait comprendre ce principe, non ? Sa voix se radoucit. Il n'est pas contre une autofiction entremêlée d'une biographie. Emmanuel Carrère y arrive brillamment, Philippe Jaenada excelle lui aussi à entortiller sa vie à ses enquêtes historiques. Mais moi ? Qu'ai-je envie de raconter de mon réel ? Est-il vrai, par exemple, que j'ai déjà dépensé les deux mille euros que me rapportera ce projet pour l'achat de deux cent soixante-douze kilos de saucisses ?

Je m'indigne. Jean-Bastien rompt un accord tacite entre nous : jamais auparavant il ne m'avait demandé de démêler la part de vérité de mes romans, la question restait taboue. Aujourd'hui, il franchit la ligne rouge. D'abord avec Agnès Charante, ensuite avec cette histoire de saucisses qui l'épouvante. Curieusement, il ne m'interroge pas sur la réalité du marcassin à lunettes. Le sanglier, se justifie-t-il, c'est plus poétique. Mais les saucisses… Si jamais mon texte sort un jour et que des journalistes m'interviewent, j'aurai intérêt à affirmer que cette histoire de charcuterie est fausse. Un simple ressort comique du roman. Pour mon image d'auteur, ce serait mieux.

Je m'affole : *Si jamais le texte sort un jour ?* L'Académie française compte revenir sur sa parole ? Il est vrai que je n'ai toujours pas signé de contrat, mais si les Immortels se rétractent, il faudrait me prévenir, parce que de mon côté j'ai déjà engagé pas mal de travail. Et d'argent aussi. Jean-Bastien me rassure : non, l'Académie compte sur moi. Si aucun contrat ne m'a été envoyé, c'est tout simplement que je me disais hésitant. À présent que je suis décidé, je peux me considérer comme officiellement engagé. L'équipe d'auteurs est désormais complète. Il ne manquait plus que moi à l'appel. Félicitations. Ça aurait été dommage de passer à côté. La liste des contributeurs est prestigieuse, le livre n'en sera que meilleur… En revanche, il faut reconsidérer entièrement la notice. Cela ne signifie pas que mon texte est à jeter à la corbeille. Ce projet d'autofiction pourrait très bien ultérieurement se concrétiser en un livre. Jean-Bastien le défendra. Voilà l'explication du « si jamais le texte sort un jour ». D'ailleurs, à ce propos, Saint-Mars-du-Désert est vraiment le village où j'habite, n'est-ce pas ? Peut-être faudrait-il changer le nom pour prendre de la distance avec la réalité. Ça pourrait m'éviter des problèmes de voisinage, vu la description un poil cynique des lieux et de ses habitants… Mais nous n'en sommes pas encore là. Il y a eu méprise sur le travail à fournir. Jean-Bastien se rejette la faute : il aurait dû me détailler les exigences de la commande par écrit plutôt qu'au téléphone un jour où je n'avais pas le temps. D'ici la fin du mois, la réception du contrat devrait tout clarifier.

Je m'excuse à mon tour. Il s'était sûrement bien exprimé, le problème vient de moi. J'ai eu beaucoup de mal à me concentrer dernièrement. Je manque de sommeil et peine à garder les idées claires. Ici, à la campagne, quelque chose dans l'air érode les esprits. Il suffit de voir comment sont les moustiques : énormes et décervelés. A-t-il entendu parler des ondes téléphoniques ? On les dit nocives. Je pourrais ajouter un paragraphe dénonciateur à ce sujet dans ma notice. Le lecteur comprendra mieux mes digressions, non ?

Jean-Bastien me le déconseille et me recadre encore sur le format. Il me suggère d'en parler avec Paul Ravissand. Le hasard veut qu'il passe tout près de chez moi le week-end du 4 et 5 mars, à La Baule, pour le festival Écrivains les pieds dans l'eau. Ce serait l'occasion de lui demander conseil. Ravissand a l'habitude d'étudier les textes de confrères puisqu'il travaille comme relecteur pour une revue littéraire assez réputée. Je précise que, moi, je n'y suis pas convié, à La Baule, j'ai donc mieux à faire que de me taper l'incruste dans un congrès qui préfère recevoir des auteurs de l'autre bout de la France plutôt que de leur région. Il s'agit davantage d'une question de visibilité que de géographie, tempère Jean-Bastien. Les festivals invitent toujours des écrivains dans le feu de l'actualité. Paul a sorti son nouveau roman pour la rentrée littéraire. Déjà, l'année passée, à la même époque, il était dans la *short list* du Goncourt pour son précédent titre. Tandis que moi… mon dernier livre remonte à trois ans.

Jean-Bastien me fait promettre de me déplacer au festival Écrivains les pieds dans l'eau pour discuter avec Ravissand d'une ébauche de notice. Je lui fais remarquer que, début mars, c'est un mois seulement avant la remise du travail pour l'Académie. N'avoir qu'une ébauche à cette date me semble un peu juste. Il ne s'agit que de six mille signes, me rappelle-t-il, j'en ai déjà écrit dix fois plus en un mois. Pour patienter, rien ne m'empêche d'accumuler les infos. Il me suggère de finir ma lecture de *La Brière* et de poursuivre mes recherches de vocabulaire. Bonne idée. Je lui avoue n'avoir entamé que les trente premières pages. Nous rions ensemble. Jean-Bastien, parfaitement détendu à présent, ne cesse de se réjouir de ma remise au travail.

Cela faisait trop longtemps que je ne proposais plus rien. Juste avant de raccrocher, il hésite puis, dans un souffle, me demande si l'auteur qu'on m'attribue me convient. Je le rassure. J'avais de sérieux doutes au départ mais à présent que je creuse le sujet, je suis pleinement convaincu de son intérêt. Jean-Bastien insiste encore : il me demande si la collaboration ne me gêne vraiment pas. Plus maintenant. Même si je n'accepte habituellement pas les commandes, je me suis pris d'affection pour cet Alphonse. Eh oui ! Je l'appelle Alphonse, désormais. Nous devenons intimes. Et puis, je suis mandaté par l'Académie française ! Comment refuser ? C'est bien, très bien que je prenne les choses ainsi, conclut-il avant de raccrocher. Un peu précipitamment à mon goût.

Aujourd'hui, il fait doux, un peu venteux, avec un brin de soleil. Le temps idéal pour une lecture en plein air. J'ai apporté mon livre sur le banc de la cour du presbytère. Louise sort de classe dans cinquante minutes et son école se situe à deux pas.

Ce jardin au cœur du village est ceint de monuments branlants, la plupart abandonnés.

On y accède par un escalier en fer à cheval à l'arrière de la mairie. Au début du XIXe siècle, le lieu faisait office de cimetière. Accolée à un muret, une croix massive perdue dans la verdure témoigne de cette époque. À droite, une ancienne longère en ruine présente la porte défoncée de W-C à l'ancienne (banc percé d'un trou) envahis par les ronces. À gauche, un hangar aux vitres brisées confère à l'endroit des allures de friche industrielle. En face, le bâtiment de la cure est rénové mais se tient de guingois. Seule l'église Saint-Médard, en arrière-plan, affiche son robuste transept nord. Au centre d'un parterre circulaire de rosiers trône une statue de la Vierge.

Au-dessus de mon banc, un chêne centenaire déploie ses branches au feuillage rouge-brun d'automne (que je qualifierais de couleur de laque si quelqu'un me le demandait, mais je suis seul. Encore une occasion perdue de placer du vocabulaire…). À cette heure, il n'y a pas âme qui vive. Je devrais venir plus souvent bouquiner à l'abri de cet arbre. Le silence est complet. J'ai juste l'impression d'entendre un souffle animal s'échapper des latrines du bâtiment de droite. Je plisse les yeux, tentant de repérer des formes au-delà des ombres. Rien. Ce doit être le vent. Je plonge dans mon livre.

Aoustin recherche toujours les lettres patentes de François II nécessaires à assurer le salut de la Brière. Je me remémore seulement maintenant mon intention d'en toucher un mot à Marjorie. Cela fait des mois qu'elle se démène à revaloriser touristiquement la commune et les marais alentour, qu'elle lance des pétitions pour préserver le milieu naturel d'une exploitation industrielle et elle n'a toujours pas eu vent de ma lecture instructive. Je n'irai pas la plaindre. La seule chose qu'elle me demande chaque soir est le nombre de caractères produits dans la journée. Nombre qu'elle convertit aussitôt en euros, puis en kilos de saucisses à rembourser. Parce qu'elle sait me rappeler le chèque de deux mille euros qu'elle a dû avancer, chèque déjà encaissé alors que les saucisses n'ont pas été livrées et que mon contrat n'a toujours pas été signé. Le contrat arrivera le temps que je finisse la lecture de ce roman, suis-je obligé de répéter en brandissant *La Brière*. La vue du livre écarlate la met en fureur. Dans ces moments-là, il vaut mieux que je sorte… mais me voilà à nouveau dans une digression. J'ai promis à Jean-Bastien de me concentrer sur mon sujet. Reprenons :

Aoustin parcourt les marais à pied et en barque à la recherche de papiers historiques. Ses pérégrinations lui donnent l'occasion de croiser quelques personnages hauts en couleur : le maire de Fédrun, M. Moyon, ancien capitaine au long cours avec « sa figure toujours rose, son éternel bonnet de peau de lapin » ; Florence, une vieille clocharde « la jupe emmargouillée de vase » qui habite à l'intérieur du dolmen de Kervily à l'écart du village (jamais entendu parler de ce mégalithe. Je note le nom sur un Post-it que je trimballe dans ma poche...) ; la Capable, une voisine commère aux « yeux de basilic », qui ne fait « que de se harpigner » avec son entourage ; l'Aoustine, la femme d'Aoustin, taiseuse et bigote, « avec son visage de miche propre et blanc, ses yeux baissés sur ses mains jointes, son petit serre-tête bridé sous le menton, [qui] ressemblait à une pieuse sœur tourière absorbée en l'oraison de son âme ».

Emmargouillée, harpigner, sœur tourière... Une fois de plus, je me régale de ce vocabulaire bigarré. Si bien que ma lecture en devient morcelée par de multiples recherches sur mon portable. Je m'arrête même sur le bonnet de peau de lapin du maire pour savoir s'il s'agit d'une coiffe spécifique de la Brière. Non. Dans la France du début du XXe siècle, l'expression est synonyme de ridicule. Alphonse Daudet, pour ne citer que lui, dans *La Belle-Nivernaise*, décrit l'écart qui existe entre les incultes et les instruits par « la distance qui sépare un enseignement en bonnet de peau de lapin, d'un enseignement en toque d'hermine ». M. Moyon est donc un sot.

En parallèle à la quête du héros, une seconde intrigue se tisse. Aoustin a une fille, Théotiste, « brune, mince et souple dans ses vêtements noirs », amoureuse de Jeanin, « un grand gars aux épaules de force » originaire de Mayun. Elle souhaite se marier, mais son père refuse catégoriquement. Pourquoi donc ? Parce que Jeanin n'est pas de Fédrun et, Aoustin vivant, sa fille n'épousera jamais un étranger : « Marie-toi à ta porte, avec des gens de ta sorte », a-t-il pour devise.

Je vérifie encore sur mon téléphone. Les villages de Mayun et Fédrun existent. Ce sont aujourd'hui deux lieux-dits distants de douze kilomètres. Il y a cent ans, quand on voulait épouser quelqu'un qui habitait à douze bornes de chez soi, on considérait qu'il s'agissait d'un métissage contre nature. Bonjour la consanguinité. On comprend mieux les portraits au vitriol des personnages du roman. Théotiste et Jeanin sont quasiment les seuls à échapper à ce jeu de massacre.

Châteaubriant se défend pourtant de se moquer des Briérons. À la sortie du livre, dans chacune de ses interviews, il ne cesse de glorifier le marais et d'encenser ses habitants. Parfois maladroitement. Suite à la remise du prix de l'Académie, le discours qu'il tient à Saint-Nazaire lors d'une fête organisée en son honneur témoigne de la tension entre l'écrivain et les gens du cru : « *La Brière* est un livre des Nazairiens, dit-il. Même si vous le reniiez, il le demeurerait encore, vous n'y pouvez rien. Il est à l'état civil de votre cité. *La Brière* est bien votre livre autant qu'il est le mien. » Grincements de dents.

La tension monte encore d'un cran lorsque, l'année suivante, une équipe de cinéma s'installe en plein marais, à Saint-Joachim, pour l'adaptation du roman à l'écran. Le réalisateur, Léon Poirier, souhaite engager des figurants parmi les autochtones, mais il se heurte à la mauvaise humeur des Briérons qui l'accusent de vouloir faire comme dans le livre : se foutre de leur gueule.

Cela me rappelle une autre affaire. En 1998, l'adaptation cinématographique des aventures du personnage de la collection « Le Poulpe », aux éditions Baleine, avait provoqué la colère des Nazairiens. Suite à une première projection réservée aux édiles, la commune avait exigé qu'on efface la mention des lieux de tournage du générique. Le journaliste Philippe Garnier

– qui connaît bien les cités portuaires, puisque originaire du Havre – s'était fait à l'époque l'écho du mécontentement régional en déplorant dans *Libération* « cette façon bien parisienne de montrer la province, où tout le monde est abruti, bourgeois et marginaux confondus, et bien sûr alcoolique ». Quelques années plus tard, en geste de contrition, Jean-Bernard Pouy, l'auteur de la série de livres adaptés, avait déclaré devant un parterre de journalistes lors d'une de ses visites à la ville : « J'ai deux amours : la littérature et Saint-Nazaire. Mais je préfère Saint-Nazaire. » Tout fut aussitôt pardonné. Les gens de la région sont susceptibles, mais deviennent chaleureux dès lors qu'on caresse leur chauvinisme dans le sens du poil. Je suis prêt à parier que Pouy aura droit à sa mort à une statue ou une rue nazairienne à son nom.

Je comprends mieux pourquoi Jean-Bastien me conseille de changer le nom de mon village dans le projet que je lui ai soumis. *Si jamais le texte sort*, comme il dit, et si je garde Saint-Mars-du-Désert, il faudra contrebalancer certaines descriptions par quelques compliments couplés à une déclaration d'amour à ma commune. On ne sait jamais, je ne voudrais pas gâcher l'espoir d'une postérité locale, comme cela est arrivé à Châteaubriant.

Le temps se couvre. Un bruissement annonce un visiteur. Je relève les yeux. Personne. J'aurais pourtant juré apercevoir une ombre. Je pose mon livre sur le banc et me lève. J'observe attentivement les toilettes envahies de ronces. Une masse hirsute semble y être tapie. Une bourrasque plaque des feuilles mortes le long de la bâtisse. Les branches du chêne grincent lugubrement et libèrent quelques glands qui rebondissent sur mon crâne. J'avance de quelques pas pour éviter le bombardement. Je balaie le jardin du regard.

Un souffle derrière moi, un craquement, puis un déplacement d'air. Je me retourne. À part une quantité phénoménale de glands tombés, il n'y a rien ni personne. Mon imagination me joue des tours. Je suis seul. Minute… Et mon livre ? Je palpe mes poches. Pas là. Bien sûr que non. Je l'ai laissé sur le banc, j'en suis quasiment sûr. Je rebrousse chemin. *La Brière* a disparu. Volé ? Au loin, la sonnerie de l'école retentit. Plus le temps de chercher. Je cours vers la sortie.

Sur le trottoir, d'autres parents attendent. Les hommes tiennent fièrement leurs bras légèrement inclinés en landèches, comme ils savent le faire. Moi, je n'ai même plus mon livre pour me donner contenance. Le châtelain est juste à côté de moi. D'habitude loquace, il balbutie un timide bonjour et m'explique être venu récupérer son petit-fils. Gêné, il ne cherche pas à discuter. Y aurait-il un problème avec les saucisses ? Mes bras sont tellement ballants que je n'ai pas le courage de le lui demander. Avec mon livre, sûr, j'aurais eu plus d'assurance. Et dire que je n'en ai pas terminé la lecture. Je ne sais même pas si je retrouverai un exemplaire facilement. La dernière publication date de 1985. Et Jean-Bastien qui souhaitait que je me concentre sur mon sujet ! Le sort s'acharne sur moi.

Dans une cohue sans nom, Louise sort enfin. Je l'attrape par la main et l'éloigne de cette foire d'empoigne. Sur le chemin, elle me parle encore du hamster qu'elle rêverait d'avoir. Je ne décroche pas un mot. Elle me demande si je vais bien. Je lui réponds que oui, ça peut aller, j'ai juste perdu quelque chose dans le square du presbytère, voilà pourquoi je suis contrarié. Mais elle ? Sa journée était-elle bonne ? Qu'a-t-elle appris en classe ? La division, annonce-t-elle fièrement. Des trucs durs. Par exemple, est-ce que j'ai la moindre idée de combien font trois cents divisés par trois ? Bien sûr ! Qui n'en a pas idée ? C'est vraiment ce genre de calculs qu'on effectue en CM2 ? Satanées ondes qui ramollissent le cerveau. Je vais finir par croire notre voisin Joseph. Au rythme où vont les choses, les sangliers auraient tort de se priver : un créneau est à prendre sur l'humanité.

Au mot *sanglier*, Louise sursaute. Elle me demande si je l'ai vu moi aussi. Vu ? Quoi donc ? Le sanglier qui est passé en fin d'après-midi, quelques minutes avant la sonnerie, derrière le grillage de l'école, dans les taillis, de l'autre côté de la cour. C'est Lorenzo qui l'a aperçu par la fenêtre. On s'est tous levés quand il a crié dans la classe. La bête avait des poils blancs dans sa fourrure, alors Lorenzo hurlait que c'était un zèbre. Tout le monde a rigolé. La maîtresse a demandé à Lorenzo d'arrêter de faire le pitre, mais il était sincère. En fait, il croyait vraiment que c'était un zèbre. Lorenzo, il est un peu… Tu comprends ?

J'interromps Louise : Lorenzo, c'est bien le petit-fils du châtelain, n'est-ce pas ? Elle confirme. Hé ! Hé ! Elle peut poursuivre. Juste avant que le sanglier ne disparaisse, Kylie a crié à son tour. Elle disait que l'animal était blessé, il avait du sang dans la gueule, c'est pour ça qu'il s'enfuyait. Tout le monde l'a crue, mais je pense qu'elle se trompait. Au bout de son groin, c'était pas la bonne couleur. Le sang, c'est un peu foncé, le truc qui pendait entre ses dents était rouge vif et rectangulaire, comme un objet, tu vois ?

De retour, je confie mon téléphone à Louise pour sa dictée de mots. Je m'enferme dans mon bureau, ôte pantalon et chaussettes, puis pars à la recherche d'un nouveau *La Brière* sur internet. Je trouve rapidement mon bonheur : au cœur de Nantes, une librairie spécialisée en livres anciens référence un exemplaire disponible dans ses stocks. Je note l'adresse. J'irai demain, après avoir déposé Louise à l'école, ce sera l'occasion de flâner en ville. Je serai de retour vers midi, juste à l'heure pour le 12/13 d'Agnès Charante. Parfait.

Je consulte mes mails. Jean-Bastien m'a enfin envoyé le contrat de l'Académie accompagné d'un message : « À lire attentivement, de la première ligne à la dernière, en espérant que cela te recadre dans ton travail. Félicitations et bon courage à toi ! » Je télécharge le document de quinze pages et en entame la lecture :

« Contrat entre les soussignés M. François Korlowski, demeurant à Saint-Mars-du-Désert, ci-après dénommé "l'auteur" et la commission *Un siècle de Grands Prix* dirigée par l'Académie française siégeant à Paris, ci-après dénommée "l'éditeur". »

Un frisson de prestige. J'aime cette entrée en matière. Je poursuis :

« ARTICLE LIMINAIRE : il est précisé que les dispositions contractuelles ci-après exposées seront exécutées et interprétées à la lecture et dans le respect de la loi et de l'accord conclu en application de l'article L.132-17-8 du code de la propriété intellectuelle et étendu par arrêté dont l'auteur déclare connaître les termes. SECTION 1 : DISPOSITIONS COMMUNES À L'ENSEMBLE DES EXPLOITATIONS DE L'ŒUVRE… »

C'était trop beau. Les contrats d'édition se ressemblent tous : toujours le même verbiage juridique et impersonnel. Je saute quelques pages : « L'auteur s'engage à soumettre à l'éditeur un texte qu'il intitulera : [**1923 : *La Brière* d'Alphonse de Châteaubriant**] ci-après dénommé "l'œuvre". L'œuvre devra présenter sous forme de notice explicative le roman [***La Brière* (Grand Prix du roman 1923)**] ainsi que son auteur [**Alphonse de Châteaubriant**] et ne devra pas excéder un total de [**5 000 signes espaces comprises, plus ou moins 10 %**]. L'auteur s'engage à remettre l'œuvre à l'éditeur, au plus tard le [**2 avril 2023**]. Si l'auteur ne remet pas la version définitive et complète de son texte à la date prévue et dans les formes convenues ci-dessus, l'éditeur pourra résilier le contrat. En cas de résiliation, l'auteur devra restituer à l'éditeur toute la somme qui lui a été versée. »

Bla bla bla. Bien sûr que le texte sera remis à temps. Ce genre de paragraphe est vexant pour le professionnel que je suis. Alors que je parcours les autres pages, un épais moustique se pose sur l'écran de mon ordinateur. Je m'étonne d'en croiser encore à cette époque de l'année, mais ce qui me surprend, c'est son comportement : il se déplace le long d'une ligne de texte. Arrivé au bout, il s'envole vers l'arrière et réatterrit sur la ligne suivante qu'il parcourt à son tour. Il réitère ce manège quatre ou cinq fois jusqu'à ce que je le chasse d'une mornifle (seule méthode efficace trouvée à ce jour).

Je reprends ma lecture, mais le cœur n'y est plus. Lassé de ces galimatias qui n'intéressent que ce moustique, je lance l'impression du contrat, paraphe chaque page, signe le dernier feuillet sans le lire, enfourne l'ensemble dans une enveloppe kraft et prends ma plus belle écriture pour y inscrire l'adresse en lettres capitales : COMMISSION *UN SIÈCLE DE GRANDS PRIX*, ACADÉMIE FRANÇAISE, 23 QUAI DE CONTI, 75270 PARIS. Je rejoins le salon, pose le courrier sur la table, bien en vue – Marjorie ne pourra pas l'ignorer –, puis retourne à mon bureau. Le même moustique est désormais perché sur la molette de la souris et active ses pattes en tous sens. Se peut-il qu'il cherche à faire défiler le texte à l'écran pour *lire* la suite ? L'idée paraît absurde, mais lorsqu'on vient de se faire voler un livre par un sanglier, on est en droit de se la poser.

Je songe à la discussion du mois dernier avec le voisin sur notre civilisation qui risque de laisser place à l'espèce suivante. Je fonce vers ma bibliothèque et en exhume *La Planète des singes* de Pierre Boulle. Quelle est la cause exacte de l'apparition de l'intelligence des animaux dans l'œuvre originelle, déjà ? Joseph affirmait qu'il s'agissait d'un virus. Je tourne fébrilement les pages. À la fin du roman, une femme témoigne sous hypnose du basculement de l'espèce humaine : « Ce qui nous arrive était prévisible. Une paresse cérébrale s'est emparée de nous. Plus de livres ; les romans policiers sont même devenus une fatigue intellectuelle trop grande. Plus de jeux, des réussites à la rigueur. Même le cinéma enfantin ne nous tente plus. Pendant ce temps, les singes méditent en silence. Leur cerveau se développe dans leur réflexion solitaire… » Plus loin, elle parle de son chimpanzé apprivoisé : « Il était chez moi depuis des années et me servait fidèlement. Peu à peu, il a changé.

Il s'est mis à sortir le soir, à assister à des réunions. » Elle s'inquiète. Je la comprends : de la part d'un animal de compagnie, on se poserait des questions pour moins que ça.

Il y a soixante ans, Pierre Boulle annonçait que l'humanité risquait de disparaître à cause de sa paresse intellectuelle. L'idée lui était venue suite à la visite d'un zoo quasi désert. Il avait surpris des gorilles dans leur cage qui, se croyant seuls, se comportaient comme des humains. Dès lors qu'ils se découvraient observés, ils reprenaient leurs poses simiesques. Pierre Boulle en avait parlé au gardien qui, hébété, ignare et à peine éveillé, ne parut pas comprendre son propos.

Cela me rappelle une autre histoire… J'attrape *Moby Dick* dans mes rayonnages et retrouve le passage où Ismahel se défend d'avoir inventé cette histoire de cachalot blanc d'une intelligence prodigieuse : « Les terriens sont en majorité tellement ignorants des merveilles de ce monde que […] beaucoup repousseraient Moby Dick comme une fable monstrueuse ou, bien pis et bien plus haïssablement encore, comme une hideuse et inadmissible allégorie. »

S'ensuit une énumération historique de capitaines confrontés à des cétacés capables de créer des campagnes de défense, d'élaborer des plans et des pièges contre les hommes. Les notes en bas de page reproduisent les extraits véridiques de carnets de bord de capitaines. Tous ces marins concluent que baleines et cachalots pourraient sans problème, si on leur en donnait l'occasion, supplanter les hommes, tellement ces derniers se complaisent dans leur fatuité et leur ignorance.

Je m'assieds à mon bureau tant la tête me tourne. Ce n'est donc pas la première fois dans l'histoire de l'humanité qu'une espèce cherche à nous voler la vedette. L'homme baisse la garde, sa place est à prendre. Je n'aurais jamais parié sur les moustiques pour la prochaine espèce dominante. *Ils étaient chez moi depuis des années. Peu à peu, ils ont changé. Ils se sont mis à lire mes contrats.* Encore moins sur les sangliers. Eux aussi *méditent en silence. Leur cerveau se développe dans leur réflexion solitaire à la lecture de* La Brière. On en voit de plus en plus s'engager aux abords des villes ; ils s'aventurent toujours plus loin sur le territoire des hommes, comme cette laie aux poils blancs qui s'est enfuie près de l'école de Louise.

Si le commandant Achab poursuit une baleine blanche, ce n'est pas qu'il est fou : il est juste visionnaire. Il ressemble un peu à Joseph, d'ailleurs : cheveux grisonnants, air perpétuellement inquiet. Je crois me rappeler que lui aussi a le visage barré d'une cicatrice. Je feuillette *Moby Dick* à la recherche d'une description. Dans une des toutes premières apparitions du marin, je tombe sur la phrase suivante : « [...] Achab selon son habitude grimpa l'échelle du carré pour venir sur le pont. C'est l'heure où la plupart des capitaines ont l'habitude de faire leur petit tour, tout comme les gentilshommes campagnards, après le repas, vont faire le tour du jardin. »

De surprise, le livre me tombe des mains, entraînant avec lui la souris d'ordinateur et *La Planète des singes*. Le capitaine Achab, un *gentilhomme campagnard* ? L'appellation est plutôt inappropriée pour un héros maritime. Erreur de traduction ? Je fouille dans la version originale : « *There most sea-captains usually walk at that hour, as country gentlemen.* » Pas de doute : un gentilhomme campagnard, la figure tutélaire du brave Alphonse. Se peut-il que l'idéal de gentilhomme campagnard sur lequel Châteaubriant forge son caractère comporte sa part d'ombre ? Derrière ce modèle de probité et de droiture, existerait-il une folie latente issue de la crainte que la bête ne s'empare de l'homme ?

À creuser dès que j'aurai récupéré mon nouvel exemplaire de *La Brière*.

Je ramasse *Moby Dick*. Le moustique fouineur a été écrasé en quatrième de couverture. J'ouvre la fenêtre et secoue le livre en prenant soin de le tenir fermement. On ne sait jamais : si un sanglier bondit dans l'allée pour me l'arracher des mains…

Point de sanglier à l'horizon, mais Marjorie qui arrive en voiture. Elle se gare et m'observe, interdite, agiter en caleçon mon livre à la fenêtre. Je lui explique que j'avais besoin d'aérer mon *Moby Dick* qui prenait la poussière ces temps-ci.

Suis-je au courant que *dick*, en anglais, signifie « bite » ? répond-elle. Encore ce concours de celui qui a la plus grosse…

Quelle trivialité.

En route vers Nantes dans ma Twingo vert pomme trois portes, version citadine, 4 chevaux fiscaux, 75 chevaux réels, légère et économique (une moyenne de 5,1 litres aux 100), moteur à injection multipoints (1.2 LEV 16v), peu polluante (émission CO_2 de classe B), bonne tenue de route, excellente visibilité périphérique, longueur idéale pour se faufiler partout, habitabilité parfaite en rapport avec l'encombrement. Quelques défauts cependant : une garde au sol vraiment basse qui nécessite de rouler au pas à chaque ralentisseur et des suspensions un peu rudes (MacPherson à l'avant et simples ressorts hélicoïdaux à l'arrière) qui imposent au conducteur d'endurer toutes les aspérités de la chaussée. En route vers Nantes, donc, je me dis que j'aurais peut-être mieux fait d'y aller à vélo afin d'économiser une nouvelle description pénible de véhicule motorisé.

Je ne souhaite pas avouer la perte de mon livre à Jean-Bastien. Je compte remplacer celui qu'il m'a offert par un exemplaire identique, puis revenir chez moi comme si de rien n'était. Je réalise seulement maintenant qu'il saura la vérité dès la lecture de ces lignes. Sauf si j'invoque une liberté littéraire dans l'autofiction. Problème : prétendre que la scène qui suit a été inventée signifie que tous les événements qui en découleront le seront aussi. La solution serait de dire à Jean-Bastien que, dans la vraie vie, je me suis rendu en ville pour me procurer une biographie de Châteaubriant. Ne m'a-t-il pas lui-même suggéré de varier mes sources ? L'article du *Petit Parisien* ne doit pas être ma seule référence.

Quitte à romancer, je me demande d'ailleurs pourquoi je roule en Twingo sur la départementale 9 qui relie Saint-Mars-du-Désert à Nantes plutôt qu'en Pontiac Firebird 1970 sur Mulholland Drive qui relie Los Angeles à Hollywood. Qu'est-ce qui m'empêche de me donner un meilleur rôle dans mon imaginaire ? On dit que la trajectoire d'un roman est conditionnée par sa première phrase. Comment ai-je pu en arriver là ? La réponse est simple : avec les Dupondt. Ces détectives ringards ont transformé mon alter ego littéraire en authentique loser. Il va falloir redresser le tir, conclus-je en me garant place Jean-V, face au musée Dobrée.

La librairie n'est pas celle où j'ai mes habitudes. Sur son site internet elle se définit comme spécialisée en littérature religieuse, histoire, politique, jeunesse, scoutisme et tout ce qui a trait à la défense du patrimoine français et catholique. D'où l'exemplaire de *La Brière* dans ses stocks : le roman entre clairement dans le domaine de la défense du patrimoine français avec une petite touche régionaliste.

L'adresse notée sur un Post-it me mène à un imposant hôtel particulier début XIXe siècle :

pierres de taille en granit, haute porte cochère vert bouteille, fenêtres aux traverses moulurées surmontées de mascarons, balcons en fer forgé et, en son angle, modeste et discrète, la librairie. Icônes de la Sainte Vierge, chapelets et rosaires s'entremêlent aux livres exposés en vitrine. Je pousse la porte. L'intérieur diffuse la chaleur des endroits anciens qui résiste à toute modernité. On s'y sent comme dans la maison d'un aïeul, entre témoignage d'une époque révolue et fin de vie difficile ; le côté nostalgique envoûte, le déni du présent inquiète.

L'espace réduit, les meubles en bois de merisier et les statues de saints qui rasent le plafond en haut de chaque bibliothèque contribuent à l'ambiance feutrée. Sur la table centrale, un drapeau français, un autre breton et un dernier bleu nuit surplombent une pile de *Vie de Jésus* illustrée pour les enfants. Il règne ici un silence de cathédrale.

Cinq clients furètent dans les rayonnages. Cela fait plusieurs mois que je n'ai pas mis les pieds dans la capitale régionale ; je m'étonne du contraste avec ma campagne. Ici, personne n'a les bras comme des landèches, dans une posture machiste assumée, non, les individus présents ont des bras cotonneux recouverts de délicates chemises bleu ciel soigneusement repassées.

Leurs mains fines, parées de chevalières et de gourmettes, manipulent les livres avec un soin qui impose le respect. Aucun jogging ni panta-court revendiquant la supériorité d'une pilosité surale, mais d'exquis fuselés beiges en velours, soulignant les contours de jambes frêles dont seuls les intellectuels ont le secret. À cette panoplie parfaite s'ajoutent des polos négligemment flanqués sur les épaules, d'élégants mocassins à pampilles en cuir de daim et des cheveux bien coiffés avec raie sur le côté.

Je me sens ridicule avec mon vieux blue-jean et mon pull informe. À présent que je travaille pour l'Académie française, je dois faire quelques efforts. Ne maîtrisant pas les notions d'élégance, je me fie toujours aux personnes qui affichent une certaine assurance. J'ai tendance à associer confiance en soi et belle allure. Et même si la librairie demeure clairement hors des modes et du temps, ses clients ont une aisance qui me fascine. Je prends note de leurs looks. C'est décidé, j'irai faire un peu de shopping une fois mon livre récupéré. Je dirais même plus : j'irai faire quelques emplettes, puisque le lieu se prête à de bonnes vieilles expressions françaises plutôt qu'aux anglicismes.

Je demande au comptoir si le roman *La Brière* est toujours disponible. Le libraire, cheveux et sourire blancs étincelants, réajuste son foulard en soie et s'en va m'extirper l'exemplaire d'un coin perdu de ses rayonnages. Autre chose ? Oui. Aurait-il, par hasard, une biographie d'Alphonse de Châteaubriant ? (Tu vois, Jean-Bastien, il y a du vrai dans mon récit.) Je sens autour de moi quelques coups d'œil en coin. Un des clients à chemise bleue et pantalon beige – je ne sais pas pourquoi je précise, ils sont tous habillés pareil –, un des clients, donc, cesse ses prospections et se tourne vers moi. Le libraire, aimable, m'explique que oui, il possède une biographie, assez récente d'ailleurs, rédigée par un avocat bordelais. Un beau travail de recherche iconographique, soit dit en passant… Il retourne à ses étagères.

Pour échapper aux regards scrutateurs, je balaie les nouveautés jeunesse accolées au comptoir. Il s'agit des rééditions des premiers albums de *Sylvain et Sylvette* dessinés par Maurice Cuvillier, datant du début des années 1940 et publiés dans la revue *Cœurs Vaillants*. Je m'arrête sur une couverture : les deux orphelins effrayés se cachent sous une armoire renversée tandis qu'un sanglier hirsute, prêt à charger, éructe de colère dans leur chaumière. Titre de la BD : *Le sanglier entre en scène*.

Lorsque le libraire revient avec la biographie, j'ajoute rapidement le *Sylvain et Sylvette* à ma pile d'achats. Il me propose une carte de fidélité que je refuse poliment. J'ai l'impression qu'il insiste sur le mot *fidélité*, comme si refuser me plongeait directement dans le rang des infidèles. Je sors un peu précipitamment de la boutique et marche d'un bon pas, sans raison valable ; j'ai tout mon temps ce matin.

Alors que je m'apprête à rejoindre la place Royale, quelqu'un m'interpelle. Je me retourne. Le type de la librairie (celui avec une chemise bleue) me rattrape en deux enjambées : J'ai vu à quoi vous vous intéressiez, me dit-il en désignant du menton les ouvrages calés sous mon bras. Je feins de ne pas comprendre. Le dernier livre que vous avez acheté, insiste-t-il. Je rougis. Ma fascination pour *Le sanglier entre en scène* risque de m'engager dans de fumeuses explications. L'inconnu m'évite le ridicule. Il me pose la main sur l'avant-bras, une main sûre d'elle, rehaussée par le bleu clair parfait de la chemise qui la ceint, et il dit : « Vous vous engagez dans une lutte que peu de monde comprend. Mais vous n'êtes pas seul. Sachez que nous sommes tout un groupe à penser comme vous. » Je frémis. Tout un groupe s'organise déjà contre les suprématistes sangliers ? La situation est beaucoup plus préoccupante que je ne l'imaginais. L'homme me tend un papier sur lequel il a griffonné un lieu de rendez-vous : place de la Bourse, une date et une heure : le lundi 6 février, 14 h. Il m'intime de rejoindre la lutte dans deux mois. Nous nous serrons la main chaleureusement. Mon nouvel ami me demande si j'ai des questions. Une seule : où s'est-il procuré sa chemise, son pantalon et ses mocassins ?

Pile à l'heure pour le 12/13 de France 3. J'ai passé ma nouvelle tenue avant de m'installer dans le salon. Quelle sensation que celle du velours côtelé sur les jambes ! Je comprends désormais la raison de mes journées défroquées. La texture rêche, serrée et raide du jean m'indisposait. Ma peau d'esthète nécessitait une matière noble, soyeuse, sachant épouser le galbe de mes membres délicats, caresser mes muscles en anticipant leurs mouvements. Pas de doute, je suis moi aussi un gentilhomme campagnard. Avec ce pantalon, Marjorie sera ravie de ne plus me voir déambuler en caleçon.

De même pour la chemise : avec elle, j'ai l'impression que mes bras gagnent en aplomb. Leurs manchettes rondes et épaisses soulignent la préciosité de mon poignet, le col serré à la française impose une stature altière et la couleur bleue donne à mon allure une assurance tape-à-l'œil. Sur mes épaules, je découvre quelques cheveux coupés. Je les époussette du plat de la main. Eh oui : j'ai même trouvé le temps d'une coupe ce matin.

Je me redresse quand Agnès Charante apparaît à l'écran. Assis dans mon fauteuil, j'adopte une posture droite et cérébrale : jambes croisées, une main sur l'accoudoir, l'autre soutenant mon menton, coude sur le genou. Agnès Charante parle de politique et de la situation préoccupante du pays : sujets qui, je l'avoue, peinent à accaparer mon attention ces temps-ci. Je la regarde plus que je ne l'écoute. Discrètement, je remue le bout de mes mocassins pour faire chuter quelques cheveux qui se sont collés au cuir fraîchement imperméabilisé. Le dernier poil tombe en fin de journal, alors qu'Agnès Charante propose dans sa partie magazine un reportage sur les dolmens. Je me concentre : il y a environ quatre mille de ces mégalithes en France dont huit cents sont situés en Bretagne et Pays de la Loire. Contrairement aux idées reçues, ce ne sont pas nos régions qui détiennent le record, mais l'Aveyron avec plus de mille dolmens.

Pour bien comprendre, Agnès Charante affiche à l'écran une carte de l'implantation des mégalithes. Le pays est barré d'une diagonale colorée : On peut partir de la Bretagne, précise-t-elle, continuer sur les Pays de la Loire, puis descendre vers le Poitou, pour ensuite rejoindre les causses du Quercy et de l'Aveyron et, enfin, arriver en bord de mer Méditerranée, au Languedoc et en Roussillon.

Elle s'y connaît sacrément bien en répartition de dolmens, Agnès Charante. Sans doute parce qu'elle a enseigné l'ethnologie des rites sacrés (cours magistraux et travaux dirigés) aux étudiants de première année de l'université de Bretagne-Occidentale en 2015-2016, puis qu'elle est intervenue lors d'un séminaire sur l'anthropologie et la sculpture primitive à la Sorbonne en 2019. Elle poursuit. Il existe trois types de dolmens : les *simples*, composés de trois pierres ; les *à couloirs*, enchevêtrements de plusieurs pierres formant une sorte de grotte, et les *en allée couverte*, qui s'apparentent à de longs boyaux. Pour tous, les pierres dressées sont appelées les *orthostates* et les pierres posées horizontalement *les dalles de couverture*. Dans notre région, la plupart des dolmens sont *à couloir* avec la particularité d'une déclinaison intérieure en transept. Nouvelle illustration.

Ça devient un peu long… Tant d'explications sont-elles nécessaires ? Un dolmen, c'est un dolmen. Rien qu'en prononçant le mot, on a l'image en tête. C'est comme pour les voitures. Inutile de préciser le mode de suspensions ou le type de moteur pour saisir le concept. Je réalise à quel point Agnès Charante et moi nous ressemblons dans notre souci obsessionnel de descriptions techniques. Si un jour je la rencontre, il faudra que je lui en touche un mot.

J'éteins la télé. N'était-il pas également question de dolmen dans le roman de Châteaubriant ? Vague souvenir. De retour à mon bureau, j'examine les Post-it collés au mur. Sur l'un d'eux est inscrit : *dolmen de Kervily = maison de Florence (clocharde) à vérifier.* Sur internet, je ne trouve aucun mégalithe référencé à ce nom. Le seul proche de Fédrun est le dolmen de Kerbourg (de type à couloir composé de huit orthostates et de trois tables de couverture). Peut-être est-ce celui du roman ? L'édifice aurait changé de nom en cent ans ? Je pourrais envoyer ma question par mail à Agnès Charante, ce serait un bon prétexte à une prise de contact. Il me faudrait une description plus détaillée pour étayer mon message.

Je replonge dans *La Brière* à la recherche du mégalithe : lors d'une visite de Florence au village, les habitants l'accusent d'être saoule. Pour s'amuser, ils l'insultent, la frappent, lui arrachent ses fripes, des touffes de cheveux, puis la lapident. Aoustin intervient. Fusil en main, il disperse les agresseurs et propose à la clocharde de l'escorter jusqu'à sa demeure. S'ensuit le passage que je cherchais : « Le dolmen s'élevait à une vingtaine de pas, dans de la mauvaise prairie. Quelques vieilles dents de granit, sous des monceaux de fagots, des débris de charpente et de ferraille ; et il fallait se courber pour entrer là-dedans. »

Là s'arrête la description de Châteaubriant et, après tout, il a raison. Il n'y a guère qu'Agnès Charante pour s'étendre sur des détails triviaux. Je poursuis : en remerciement, Florence propose à Aoustin de lui offrir un verre. « Tu m'as défendu contre la bête », lui dit-elle. Quelle bête ? « La bête… Il n'y en a qu'une. »

Ce dialogue me rappelle une autre de mes notes. Parmi mes Post-it, je retrouve : *gentilhomme campagnard = bête ou homme ? (voir Melville).* Où avais-je la tête ? Je m'étais promis de rechercher la part d'animalité dans les personnages du roman. J'abandonne ma recherche de localisation du dolmen de Kervily et passe une bonne partie de l'après-midi à décortiquer le champ lexical de *La Brière*. Ma découverte est sans équivoque : Châteaubriant utilise régulièrement le mot *bête* pour définir les hommes : Aoustin est « celui qui n'est pas bonne bête », un autre personnage a les épaules qui « faisaient dans les fourrés le bruit d'une forte bête » et quand il s'agit de dépeindre l'intégralité du village en action : « La bête haletait, faite de corps d'hommes, d'une mêlée d'hommes. » Plus loin, un passage humoristique met en scène deux gendarmes qu'un braconnier prend pour deux étranges bêtes bleues cachées dans les roseaux…

La bestialité décrite chez les Briérons explique une fois de plus l'accueil frileux du livre dans la région. Pourtant, au-delà du marais, c'est surtout la sauvagerie de l'humanité tout entière que Châteaubriant souhaite dénoncer. La scène où Florence se fait joyeusement lapider en place publique n'est pas sans rappeler un épisode vécu par l'auteur : lorsqu'il surprit des soldats jouant comme des enfants à faire tomber d'un arbre une jambe arrachée d'un Allemand. « J'ai vu l'homme tel qu'il n'est pas vu ailleurs… » Alphonse pressent à quel point notre société demeure fragile. Pour se rassurer, il se réfugie dans les valeurs du gentilhomme campagnard. Cette figure d'homme instruit, humaniste, pragmatique, proche de sa terre et respectueux des traditions est selon lui la solution à la barbarie. Et Melville dans tout ça ? Que fait-il sur mon Post-it ? Il contredit Alphonse, puisque Achab, marin forgé dans le moule des gentilshommes campagnards, n'échappe pas à la folie bestiale…

Je suis coupé dans mes réflexions par Marjorie qui, sans frapper, ouvre la porte de mon bureau. Elle m'explique avoir terminé son travail plus tôt et il en sera ainsi jusqu'en mai puisqu'elle a pas mal d'heures à récu… Elle s'arrête net et me scrute de la tête aux pieds, stupéfaite. C'est quoi cette coiffure ? Cette tenue ? Et ces mocassins à glands ? Je me suis converti au look catho tradi ?

Elle n'y connaît rien : on dit *mocassins à pampilles*, c'est le terme exact, *à glands* est péjoratif. À force de ne pas sortir de sa campagne, elle n'a plus aucune notion de style. Moi qui suis allé à Nantes ce matin, je lui certifie être à la pointe de l'élégance inspirée directement de la mode parisienne. Inspirée surtout de la mode de Saint-Nicolas-du-Chardonnet, me rétorque-t-elle. Je ne compte quand même pas chercher notre fille dans cette tenue ? Si. Il est temps que je me démarque. Mon erreur a été de vouloir m'intégrer au village, me fondre dans la masse.

Dix ans que je porte pantacourts et sweats à capuche, que j'organise des barbecues dans mon jardin, que je parle avec une bouteille de bière comme prolongement naturel de ma main, que je converse des heures sur les capacités de stockage à basse température de mes voisins. Et tout ça pour quoi ? Pour me sentir en marge. Alors, autant accepter ma vraie nature, celle du gentilhomme campagnard, du dandy des pâturages, de l'esthète qui ne sacrifie pas son bon goût au diktat d'une mode rurale, qui crée son îlot de résistance du beau, isolé mais intègre, un peu comme le personnage d'*À rebours* de Huysmans, voit-elle ?

Non. Marjorie ne voit pas. Elle précise que je fais davantage réactionnaire qu'anticonformiste et que je parais plus proche de Xavier Dupont de Ligonnès que de Gérard de Nerval. Il est hors de question que je me rende à l'école dans cette tenue. Elle va chercher Louise. Un trajet le matin, un autre le soir… rumine-t-elle en saisissant sa veste, c'était pourtant pas compliqué. Je garde mon calme et lui rappelle ma situation : je travaille pour l'Académie française, a-t-elle oublié ? Oh non, m'assure-t-elle, elle ne le risque pas. Alors, il faut qu'elle retienne également qu'une fois mon texte achevé, tout sera différent. Cela peut aller vite si je m'y consacre pleinement. Quatre mois d'immersion totale et j'aurai l'esprit à nouveau disponible. Marjorie se radoucit. Elle m'explique ce qu'elle voulait m'annoncer en arrivant ici : ayant pas mal d'heures sup à rattraper, on lui a proposé d'adapter ses horaires jusqu'en mai. Elle commencera plus tard et terminera plus tôt. Ça serait l'occasion de prendre en charge les trajets d'école. Louise serait contente. Marjorie le fait aussi pour moi puisque mon travail est temporaire, n'est-ce pas ? Dans quatre mois, c'est bien ça ? Après la vie reprendra comme avant ?

Quatre mois. Comme avant. Je dis oui à tout, la remercie et l'embrasse. Elle a raison : je suis ridicule, mais qu'y puis-je ? La tâche qui m'incombe est d'un tel niveau intellectuel que j'en oublie le bon sens du quotidien. Je lui désigne les livres sur mon bureau. L'étude de ces ouvrages absorbe toutes mes forces de concentration et de réflexion. Marjorie attrape celui posé en haut de pile. *Sylvain et Sylvette. Le sanglier entre en scène.* Elle le feuillette et m'affirme qu'elle comprend.

Le mois de décembre s'écoule plus paisiblement. Passé les fêtes de fin d'année, je trouve enfin en janvier l'espace nécessaire au développement de ma pensée. L'atmosphère, toujours douce, est devenue pluvieuse. Les moustiques ont disparu. Tant mieux, ils me déconcentraient. Depuis le début de ma collaboration avec l'Académie française, je ne parvenais pas à fixer mon sujet. La faute à Louise, aussi, qui va trop à l'école. Quel besoin d'y envoyer les enfants cinq fois par semaine pour leur apprendre que trois cents divisés par trois égale cent ? Ce gaspillage de temps m'obligeait à d'ineptes allers-retours minant le fil de mes pensées. Je n'avais jusqu'alors qu'une lecture parcellaire de l'œuvre de Châteaubriant et une vision tronquée de sa vie. À présent que Marjorie s'occupe des trajets, me voilà capable d'apporter une certaine rigueur à mon étude.

Cette biographie achetée en librairie, par exemple, ne serait-il pas temps que j'y jette un œil ? Une meilleure connaissance du parcours de l'auteur me permettrait un affranchissement de l'image des Dupondt insufflée par Jean-Bastien. Je m'installe sur mon canapé, en pantalon pour une fois – celui en velours côtelé – et plonge dans *Châteaubriant. Qui suis-je ?*

Dès les premières lignes, j'ai la désagréable impression d'un texte rédigé à la truelle. Dans l'introduction, lorsqu'il est question du quintaïeul de l'auteur, un certain Gaspard-Henri van Bredenbeck, il est écrit : « Les époux van Bredenbeck, avant le décès de Gaspard Henri, ont eu sept enfants. » (Les FIV post mortem n'existant pas au XVIIe siècle, on s'en doutait.) Plus loin, l'escapade en Bretagne du jeune Alphonse à la sortie de son service militaire est narrée de manière bien plus folklorique que dans *Le Petit Parisien* : Châteaubriant « parcourt les marais salants, les dunes et les chemins creux. Il partage la vie des paysans, des paludiers et des pêcheurs. Il dort à la belle étoile après avoir dansé la gavotte avec des filles couvertes de leurs coiffes en dentelle. Il mange des caillebottes et boit des bolées de cidre [...] il devait rester quelques mois, il y restera toute sa vie ».

Ça se joue à peu de chose, une passion pour un territoire. Si Châteaubriant avait fait un voyage en Dordogne, il aurait mangé du confit de canard en dansant la bourrée avec des filles en caraco de toile de chanvre et serait devenu fissa périgourdin. Dans le nord de la France, gavé de moules frites et de bière, il aurait paradé au carnaval de Dunkerque et aurait fini chti. Mais le hasard a voulu que ce soit la Bretagne. De belles Bigoudènes l'ont entraîné par le petit doigt dans un fest-noz endiablé et son cœur a chaviré. Il a dû manger du kouign-amann aussi. On ne devient pas accro à la Bretagne sans passer par le kouign-amann. Sans oublier le chouchen que l'on boit allongé sur des dolmens.

Je critique. Ce n'est pas bien. Nul n'est à l'abri de maladresses d'écriture. Je devrais me méfier : comme tout écrivain, je suis superstitieux et je crains un retour de bâton. La règle est simple : il suffit de se moquer une fois pour que la malédiction stylistique se retourne contre vous. Pour conjurer le mauvais sort, je m'efforce de trouver des qualités à cette biographie : comme me l'avait annoncé le libraire, la recherche iconographique est fouillée. Un portrait de Châteaubriant ouvre chaque chapitre. Aussi incroyable que cela puisse paraître, depuis le début de mon travail, je n'ai jamais cherché à connaître son apparence. Les photos me révèlent un bel homme, grand, svelte, port altier, allure aristocratique, visage fin, nez droit et regard profond, presque transparent, clairement absorbé par des pensées complexes. Autre particularité physique : une passion évidente pour la moustache. L'auteur l'a toujours portée, sauf quand il était enfant. (Cette phrase atteste l'authenticité de ma prédiction : le sort se retourne inévitablement contre l'écrivain railleur.) L'évolution d'une pilosité dévoile pas mal de choses sur le caractère d'un homme au fil de son existence. Châteaubriant a commencé sa carrière avec une belle moustache en forme de guidon de vélo, l'air de dire : je suis grand maintenant, je n'ai plus besoin des petites roues pour avancer sur mon chemin de vie. À l'époque de la rédaction de *La Brière*, sa moustache évolue en un style anglais : je deviens plus sage, mais je garde un côté excentrique. Quelques années plus tard, l'appendice pileux traverse une période morse : j'ai les dents longues, je compte devenir un des plus grands écrivains de ce siècle. La forme en guidon de vélo revient ensuite agrémentée d'une barbe peignée avec raie au milieu : j'ouvre de nouvelles voies littéraires. Puis le tout se mue en style Bandholz : je suis hipster avant l'heure... et s'achève par un taillage court à la Sigmund Freud : fini de rigoler, j'ai des soucis à régler avec mon enfance. Sur aucune de ces photos, l'apparence n'est négligée. À souligner dans ma future notice : *Alphonse prend le plus grand soin de ses poils*. Ça impose une image plus claire du gentilhomme campagnard.

L'ombre des Dupondt s'estompe enfin à l'éclairage de cette fière allure. Les deux billes vides, noires et inexpressives du regard des détectives s'inclinent sous la vision pénétrante du maître, leurs moustaches simplissimes fléchissent face à tant de poils en volutes maîtrisées. Je suis désormais rassuré sur le sérieux de l'auteur et sur son aura de respectabilité littéraire.

Malheureusement, en poursuivant ma lecture, trois anecdotes ravivent mes inquiétudes sur le potentiel de ridicule de l'homme. La première concerne un accident digne de nos deux limiers. En 1927, Alphonse flâne dans le port de Saint-Nazaire. Le nez en l'air, il ne prend pas garde à des cordages posés au sol, s'emmêle un pied et dégringole des quais. On le retrouve plusieurs mètres en contrebas, jambes cassées, bien amoché. N'est-il pas arrivé la même mésaventure aux Dupondt dans *Le Crabe aux pinces d'or* ? En BD, une chute ne prête pas à conséquence, les personnages s'en remettent vite ; pour Châteaubriant, c'est une autre histoire… Une longue convalescence commence : trois mois cloué au lit. Trois mois durant lesquels il rumine sur la marche du monde. Depuis quelques années, Alphonse s'affole de la montée du communisme en France. Ses compatriotes l'inquiètent (peu à peu, ils ont changé. Ils se sont mis à sortir le soir, à assister à des réunions…). Il se persuade que la bolchevisation des esprits débouchera sur la destruction des âmes. Il abhorre par exemple l'utilisation du mot *prolétariat* pour désigner une classe sociale. Selon lui, cette nomenclature réduit le peuple ouvrier à son unique fonction de production. Or, chaque être humain doit se définir en premier lieu par des qualités indépendantes du monde matériel. Dans sa chambre, il construit une nouvelle théorie. Notre existence doit être vouée à la création d'un lien purement spirituel entre l'homme et son territoire. Ce panorama de vie idéal se réalisera si les peuples se convainquent d'atteindre un esprit commun de partage, loin de tout rapport matériel ou marchand. Pour cela, il est nécessaire d'être attentif et ouvert à l'espace qui nous entoure.

Comment les contemporains de Châteaubriant ont-ils accueilli ce nouveau philosophe qui, les membres brisés, leur assène du fond de son lit l'importance de bien regarder autour de soi ? Sûrement avec le sourire.

Quel que soit le ridicule de cette situation, notons au passage que l'on retrouve dans *La Brière* la pensée embryonnaire de cette philosophie : la quête de lettres patentes à laquelle adhère l'intégralité des habitants du marais n'est rien d'autre que la volonté de communion entre les hommes, leur histoire et leur environnement. La chute de Châteaubriant dans le port ne lui a permis que de verbaliser des idées qu'il porte déjà en lui. Remarquons aussi que sa prise de conscience est à nouveau liée à une histoire de jambe : douze ans après celle d'un Allemand coincée dans un arbre sur un champ de bataille, la sienne prise dans un cordage.

La deuxième anecdote qui me laisse perplexe est en lien direct avec l'adoption de cette nouvelle philosophie. L'auteur développe dans la même période une passion pour Émile Coué, le psychologue à l'origine d'une méthode basée sur l'autosuggestion : si quelqu'un se lève tous les matins en se convainquant que tout ira pour le mieux, il passera une bonne journée. Le principe paraît simpliste mais dans les années 1920, il permet à beaucoup d'anciens combattants de se reconstruire. En répétant cent fois devant leur miroir que, oui, bien sûr, ils vont survivre à la journée, ces traumatisés de la guerre – dont Châteaubriant fait partie – parviennent à sortir de chez eux sans défaillir. Rien de risible, donc. Le problème, c'est que Châteaubriant est si convaincu par cette thérapie qu'il ne cesse d'en parler autour de lui, quitte à gaver tout le monde. Sa correspondance est remplie de prescriptions saugrenues. Lorsque son ami écrivain Romain Rolland attrape une mauvaise grippe, il lui écrit une longue lettre en le priant de psalmodier plusieurs fois par jour la phrase : « Tous les jours, à tous les points de vue, je vais de mieux en mieux. » En société, ses conversations tournent régulièrement autour de l'autosuggestion et des prophéties autoréalisatrices ; elles sont agrémentées de belles métaphores de papillons qui s'envolent et se libèrent.

Dernière anecdote baroque : Châteaubriant gardera longtemps pour lui un souvenir de guerre qui l'a bouleversé, peut-être davantage que la jambe de l'Allemand coincée dans l'arbre. C'est seulement à la fin de sa vie qu'il dévoile dans ses Mémoires ce qu'il a vécu lors de l'hiver 1915. Son corps d'armée revient de Belgique et progresse sur des chemins neigeux et gelés perdus entre Épernay et Sainte-Menehould. Le soldat Alphonse, à pied ce jour-là, fourbu et accablé, observe sur son flanc un pauvre petit pommier égaré dans un champ. Son regard s'attarde sur ce paysage désolé et déprimant. Soudain, au-dessus de l'arbre et du champ, Dieu apparaît. Oui : Dieu. Il se dévoile aussi nettement qu'un mirage aux Dupondt en plein désert. Châteaubriant le décrit clairement : « Ses traits étaient perceptibles sans qu'ils eussent de reliefs sensibles. Sa figure, de chaque côté des joues, s'encadrait de larges cheveux ambrés. Une robe descendait jusqu'à ses pieds dont les pointes étaient dirigées vers le sol. » (Des cheveux ambrés ? Il aurait pu dire *couleur de laque*. C'était l'occasion ou jamais de le placer. Devant Dieu, en plus !) Mais ce n'est pas tout : le Seigneur lui parla. Il lui dit : « Tu t'oublies aujourd'hui plus que tu ne t'oubliais autrefois. Mais tu ne t'oublies pas suffisamment encore. Tu t'oublieras davantage… Puis encore davantage. Puis quand tu te seras oublié toujours plus et toujours plus encore, tu finiras par trouver l'amour… Et quand tu auras trouvé l'amour, tu aimeras toutes choses sans distinction, car il n'y a pas de distinction entre les choses : tu aimeras jusqu'à cette boue dans laquelle tu marches. »

Le costume de gentilhomme campagnard endossé par notre noble auteur s'élime sérieusement au contact de ces rugueuses anecdotes. Je sens de plus en plus chez Châteaubriant une force de conviction alliée à une fragilité psychologique présageant une possibilité de basculement. Après tout, Achab lui aussi, malgré sa sérieuse stature, possède un côté ridicule. Châteaubriant et Achab seraient-ils les nouveaux Dupond et Dupont ?

Février est arrivé, avec ses pointes de givre et son soleil de glace. J'avais promis à Marjorie de m'engager corps et âme dans mon travail ; la vie d'artiste en décide parfois autrement. Comme Châteaubriant, je suis un homme de mon temps, sensible à la marche du monde et soucieux de porter un regard inédit sur les problèmes de l'époque. Le lundi 6, je me rends à la manifestation organisée par l'inconnu de la librairie. Je dois avouer que le mystère autour de la menace phacochère m'intrigue.

Le papier indique quatorze heures, quai Ceineray, Nantes. Je m'attends à très peu de monde. Quelle n'est pas ma surprise de trouver sur les bords de l'Erdre, face à la préfecture, un attroupement de quelques centaines de personnes. Parmi les manifestants, certains agitent des étendards de triskèles dorés, d'autres de Gwenn ha Du – ces fameux drapeaux bretons – agrémentés d'hermines, de fleurs de lys, ou de doubles cœurs rouges surmontés d'une couronne. Je n'ai pas le temps de me poser plus de questions que l'homme qui m'a convié me reconnaît. Il s'avance en jean et blazer : une tenue plus décontractée pour la circonstance, m'explique-t-il. Je me sens mal à l'aise avec mes vêtements achetés lors de notre rencontre. Il me rassure : j'ai belle allure, le foulard glissé dans l'encolure de ma chemise est très élégant. Je lui demande si tous les gens ici présents sont rattachés à la même cause, à savoir : ouvrir les consciences sur la future invasion de sangliers. L'inconnu s'esclaffe. Il trouve ma vision de la situation joliment exprimée. Après tout, me dit-il, *ils* nous appellent bien les *haloufs*, rendons-leur la pareille. Je n'ai pas le temps de lui demander ce qu'il entend par là, car le cortège se met en branle en direction du centre-ville. L'inconnu m'entraîne par le bras.

Les sangliers… répète-t-il, d'un pas songeur. Suis-je au courant que saint Cyr de Tarse est toujours représenté sur un petit marcassin ? Je lui réponds que non. Je ne sais même pas qui est saint Cyr de Tarse. Vraiment ? C'est amusant que j'y fasse référence sans le connaître, car il se trouve qu'il y avait autrefois, dans la rue d'à côté, à l'angle, juste ici, une église Saint-Cyr-et-Sainte-Julitte disparue il y a plusieurs siècles. Je n'ose pas lui préciser que je n'y ai pas fait référence et que c'est lui qui me parle de saint Cyr de Tarse. Le plus jeune martyr chrétien, poursuit-il. Il a été tué par des Turcs alors qu'il avait à peine quatre ans. Ces sauvages l'ont attrapé par un pied et lui ont explosé le crâne contre un mur. Mais quel rapport avec les sangliers ? L'homme m'avoue qu'il n'en a aucune idée. Les

Turcs, peut-être ? Tout ce qu'il peut dire, c'est qu'on représente toujours le saint enfant chevauchant un marcassin. Il pourrait me montrer une médaille frappée à cette image. Il en possède un exemplaire chez lui, dans le tiroir du vaisselier de son salon.

Eh bien ! Je peux me vanter de me faire de nouveaux amis facilement. Marjorie serait étonnée, elle qui me juge trop renfermé et peu avenant : en moins de cinq minutes, un type que je connais à peine me raconte l'histoire d'un enfant de quatre ans dont on éclate le crâne contre un mur, puis il m'invite chez lui pour me faire découvrir sa collection de médailles. Si ça n'est pas nouer rondement une relation, il faudra qu'on m'explique.

Notre discussion nous mène en tête de cortège. Je marche en première ligne aux côtés de braves types qui brandissent leurs pancartes. À ma gauche, l'une d'elles annonce : *Bretagne Indépendante et Catholique, maintenant !* À ma droite : *Breton, Maître chez toi*. Plus loin encore : *Terre bretonne : retrouvons le sens du sacré*. Et quelqu'un derrière moi agite au-dessus de ma tête : *Stop à l'invasion de notre territoire.*

Ma naïveté a ses limites qui, une fois atteintes, me poussent aux frontières de la lucidité. Cette manifestation n'a rien à voir avec les phacochères. Je demande à mon nouvel ami la raison pour laquelle il m'a invité. À cause du livre, m'explique-t-il. Le *Sylvain et Sylvette* ? Non. La biographie de Châteaubriant, voyons ! Châ-teau-bri-ant : cet amoureux de la Bretagne et de son patrimoine, ce défenseur de nos valeurs chrétiennes. L'intérêt que je lui porte prouve que je suis des leurs.

Passé le sentiment de honte, le quiproquo ne me dérange pas plus que ça. Moi qui culpabilisais de m'accorder une sortie pendant mes travaux d'écriture, je ne perds pas mon temps, finalement. L'immersion dans ce milieu me permettra d'approcher au plus près l'esprit de Châteaubriant. Mes sens sont en alerte, mon attention à l'affût, je vais transcender cette expérience en matière littéraire. Je sors crayon et Post-it pour prendre quelques notes :

Sur les flancs du cortège, quelques jeunes aux allures d'artistes (crânes rasés et treillis de l'armée) encadrent notre progression. Au cœur de la foule, les plus âgés abordent un look résolument breton (grande gabardine, barbe poivre et sel, cheveux mi-longs rattachés en une minuscule queue-de-cheval dans la nuque), ceux dans la fleur de l'âge, dont je fais partie, soignent une apparence de gentilshommes (campagnards ou citadins).

Je n'ai pas le loisir d'en observer plus, une caméra surgie de nulle part me barre le passage. On me tend un micro. Collée à mon menton, j'identifie la bonnette bleue de France 3 Pays de la Loire. Je glisse les yeux le long du bras qui tient l'objet et remonte vers un visage. Je mets quelques secondes à le reconnaître. Agnès Charante… parviens-je à balbutier. Elle acquiesce, me demande si nous nous connaissons. Non, mais je voulais la contacter à propos d'une question sur les dolmens. Elle fronce les sourcils et me lance son regard chiffonné qui m'impressionne toujours. D'habitude, à la télé, je le soutiens, mais en vrai, je ne peux m'empêcher de baisser la tête comme un petit garçon. Les dolmens ? reprend-elle. Les dolmens bretons ? Quelles sont exactement vos revendications ? Car il ne s'agit pas d'une simple manifestation de préservation du patrimoine, n'est-ce pas ?

Elle est intelligente, Agnès Charante. J'ai besoin de l'épater et, après tout, pourquoi pas ? J'en suis capable aujourd'hui. Ma chemise bleue, mon foulard, mon pantalon et mes mocassins me donnent de la prestance. Je relève les yeux, plante mon regard dans le sien et annonce face caméra que si je suis venu jusqu'ici de Saint-Mars-du-Désert, c'est pour défendre notre identité et notre esprit français, voilà tout.

Je dirais même plus : notre esprit de gentilhomme campagnard. Car savez-vous ce qu'est un gentilhomme campagnard ? C'est quelqu'un qui possède une vision panoramique de son territoire et de ses habitants, quelqu'un qui vise un idéal mystique et communautaire tout en combattant la bête. Avez-vous déjà entendu parler de saint Cyr de Tarse ? Moi non plus, et ce n'est pas grave. On le représente chevauchant un sanglier. Il domine l'animal. C'est un exemple à suivre en évitant toutefois de se faire défoncer le crâne par des Turcs. Alors, ne nous laissons pas dominer par la bête, dominons-la !

Je vois bien aux yeux écarquillés d'Agnès Charante que mon discours l'impressionne. Malheureusement, je suis coupé par le vacarme d'un cortège arrivant en face. De nouveaux manifestants nous sifflent en brandissant des pancartes de la LICRA, ce qui a pour effet d'énerver prodigieusement les jeunes artistes de nos rangs. De fureur, ils descellent les pavés du bout des quais et les balancent. Le camp adverse se défend en renvoyant illico les projectiles. Un vieux Breton à barbe hirsute est touché. Son bras en sang galvanise nos rangs. Nos jeunes enfilent des cagoules et foncent de l'avant. Agnès Charante se replie sur le trottoir de la préfecture. Son caméraman filme à distance l'arrivée des CRS. Ça tourne au vinaigre. Mon nouvel ami me propose de nous réfugier chez lui, à deux pas d'ici. Je décline l'invitation. J'ai encore pour idée d'impressionner Agnès Charante. Je m'approche d'un CRS afin de lui expliquer qui a commencé. Je veux lui désigner un par un ceux qui, en face, nous ont hués. Il m'accueille d'un coup de matraque sur l'épaule. Je n'ai pas le temps de me plaindre que ses collègues nous gazent sans distinction. Je claudique au hasard dans la fumée. Après un long moment d'errance, je rejoins par miracle mon véhicule et m'enfuis. Les yeux me brûlent, je vois à peine la route. Il me faut une bonne heure pour rejoindre la maison.

J'arrive à dix-sept heures. Marjorie est rentrée, elle a récupéré Louise. Elles font les devoirs dans la cuisine et ne m'ont pas entendu. Je me faufile jusqu'à la salle de bains. J'ai beau me rincer la tête sous l'eau, mes yeux restent couleur de laque (placé à bon escient, mais toujours personne pour en profiter...). Je défais le haut de ma chemise. Ma clavicule a pris une teinte bleu-marron. Pas joli à voir. Je rejoins clandestinement mon bureau, m'allonge sur le canapé, un gant de toilette humide posé sur le visage. Impossible de lire ou d'écrire quoi que ce soit. Je m'endors.

À dix-neuf heures trente, Marjorie, comme à son habitude, ouvre violemment la porte. Le gant de toilette tombe au sol dans un bruit mou. Elle s'enquiert de mon activité du jour. Je lui réponds : Rien. Enfin, pas tout à fait… Comme convenu, j'ai travaillé sur ma notice biographique pour l'Académie. Elle se penche sur moi, scrute mon regard brumeux, me demande si j'ai pleuré. Non, mais à force d'avoir les yeux rivés sur l'écran, je déclare une conjonctivite. Elle ne me croit pas. Je puise le maximum de mauvaise foi qu'il me reste pour m'indigner. Elle m'arrête aussitôt. Inutile de mentir. Elle vient de me voir dans le 19/20 de France 3, édition régionale. J'étais interviewé comme porte-parole du mouvement BICN. Moi ? C'est ridicule. Je ne sais même pas ce que ça signifie. Bretons indépendantistes catholiques nationalistes, m'apprend-elle en tournant les talons.

Je laisse passer trois semaines et j'appelle Jean-Bastien. Il me semble plus correct de l'informer de l'interview de France 3. De toute façon, je ne peux rien cacher à mon premier lecteur : même s'il m'assure considérer mes textes sous un angle exclusivement littéraire, il visionnera tôt ou tard le replay du 19/20, édition Pays de la Loire, je le sais. La dernière fois, il a bien vérifié l'existence d'Agnès Charante.

Au téléphone, il m'écoute sans m'interrompre. Une fois mon récit terminé, il me questionne sur mon positionnement. Parce que, dit-il, c'est flou. Au départ, je croyais à une manifestation antisangliers, mais quand le quiproquo s'est éventé, je suis resté. L'apologie des valeurs catholiques, la défense d'une politique identitaire, l'inquiétude face à l'immigration… Si j'assume certaines sympathies dans mes futures publications, je serai catalogué comme auteur de droite, voire d'extrême droite. Cela ne signifie pas forcément la fin de ma carrière. Les écrivains de ce bord ont plutôt la cote en ce moment. Ils vendent bien. Mais, comment dire… ? Ce n'est pas le même réseau médiatique, pas les mêmes contacts. Et dans ce domaine, Jean-Bastien m'avoue être incompétent. Si vraiment je souhaite me lancer là-dedans, il faudrait que je trouve un autre éditeur.

Comment ça, « un autre éditeur » ? Au premier coup de Trafalgar, il me laisse tomber ? C'est ça ? Un peu de poigne, que diable ! Dans cette mésaventure, je n'ai pas d'autre position que celle de l'observateur. L'énergie de la foule n'était pas sans me rappeler les convictions d'Alphonse de Châteaubriant. En restant là-bas, j'avais l'impression de mieux comprendre son esprit. Bon… c'est vrai que je me suis un peu emballé face caméra. À cause d'Agnès Charante, forcément. Je voulais l'impressionner. Mais je ne pense pas être d'extrême droite. À vrai dire, je n'ai pas d'engagement politique. Marjorie me le reproche souvent. Elle se demande comment un écrivain peut ne pas s'engager. Comme si la littérature était obligatoirement militante. Je lui précise chaque fois que tout n'est pas politique. À cela, elle rétorque : « Oui, mais la politique s'intéresse à tout. » C'est une citation. Jean-Bastien ne devinera jamais de qui. Quelqu'un qui correspond parfaitement à Marjorie. Je parie qu'il meurt d'envie de le savoir… Mon nom apparaît-il dans le reportage à un moment ou l'autre ? coupe-t-il sans répondre à ma question. Non. Je n'ai pas eu le temps de le donner, j'ai juste dit que j'habitais à Saint-Mars-du-Désert.

Saint-Mars-du-Désert, c'est vague, souffle-t-il. On enterre l'affaire. Et si jamais elle ressort un jour, je n'aurai qu'à dire que ce n'est pas moi. Jean-Bastien est allé voir sur internet pendant que je lui parlais de Marjorie (j'en étais sûr) et il me félicite : j'ai eu la bonne idée de me déguiser en catho intégriste pour me mêler à la foule. On me reconnaît à peine avec ma raie sur le côté et ma petite chemise BCBG. Il suppose que c'est ma façon de travailler en immersion. Et quand bien même quelqu'un m'identifierait, je pourrais toujours dire que j'avais besoin de me mettre dans la peau de Châteaubriant pour rédiger ma notice : méthode Actors Studio. Robert De Niro est bien devenu chauffeur de taxi pour préparer son rôle dans *Taxi Driver*. Alors, se grimer en facho pour écrire sur un collabo n'est peut-être pas si absurde que ça…

Je trouve que Jean-Bastien y va un peu fort : Châteaubriant était un écrivain catholique, plutôt à gauche dans sa jeunesse, virant à droite avec l'âge, mais collabo… le raccourci est injurieux. À l'autre bout du fil, Jean-Bastien hésite, bafouille, puis me demande si je plaisante. À quel sujet ? À la fin de sa vie, reprend-il, Châteaubriant a été un des écrivains collaborationnistes les plus actifs de la Seconde Guerre mondiale. Il est à l'origine du Groupe Collaboration chargé de promouvoir le nazisme en France. Qualifier cet auteur de collabo n'est ni un raccourci, ni une injure : juste la réalité. Je le savais, n'est-ce pas ? Non, je ne le savais pas. Jean-Bastien affirme que j'ai la mémoire courte : nous en avons déjà parlé au téléphone. Il m'aurait évoqué la collaboration au moment de l'envoi du contrat, il m'aurait demandé à l'époque si cet aspect peu glorieux ne me dérangeait pas. Je n'en garde aucun souvenir.

OK, soupire-t-il, supposons que j'ai oublié notre conversation… mais comment ai-je pu passer à côté de la collaboration, moi qui travaille depuis près de quatre mois sur le sujet ? Je lui explique que Châteaubriant a été quasiment effacé de l'histoire littéraire. Trouver des infos sur lui se révèle une gageure. Il y a Wikipédia, quand même, me rappelle Jean-Bastien. Le premier réflexe aurait été de vérifier sur l'encyclopédie en ligne. Tout le monde fait ça. Et d'ailleurs, il va me prouver que tout est à portée de clic. Tiens, voilà, pas besoin de fouiner bien loin, la vie de l'auteur y est résumée en trois lignes : « Alphonse van Bredenbeck de Châteaubriant, né le 25 mars 1877 à Rennes (lien hypertexte bleu) et mort le 2 mai 1951 à Kitzbühel (Autriche) (lien hypertexte bleu), est un écrivain français. Il fut un chantre de la collaboration (lien hypertexte bleu) durant l'occupation de la France (lien hypertexte bleu) par l'Allemagne nazie (lien hypertexte bleu). » Les liens hypertextes bleus, me précise Jean-Bastien, permettent de naviguer vers d'autres pages au cas où on ne comprendrait pas certaines notions comme *collaboration*, *occupation de la France* ou *Allemagne nazie*.

Oui, bon, moi, ce genre de sources, j'essaye d'éviter de peur de plagier. On reproche régulièrement aux auteurs de trop s'inspirer de l'encyclopédie en ligne. Sans passer par Wikipédia, poursuit Jean-Bastien, je devais bien me douter qu'il y avait quelque chose de pas net dans la vie de Châteaubriant, non ? Ma théorie sur le chauvinisme nazairien était amusante, mais ne tenait pas une seconde la route : l'auteur avait une carrière monumentale, c'était le plus gros vendeur de romans entre les deux guerres. Comment les habitants d'une petite ville portuaire auraient pu faire tomber à eux seuls ce géant littéraire ? Il fallait bien un désaveu national pour l'effacer de l'Histoire. Au fond de moi, je le savais, non ? Ma participation à cette manif d'extrême droite prouve que j'avais saisi dans quelle mouvance il évoluait.

La tête me tourne. Je ne me sens pas bien. Je raccroche et fonce dans le bureau. J'étudie plus en détail les livres posés sur mon canapé. La préface de *La Brière* aux « Cahiers Rouges » précise effectivement que Châteaubriant a collaboré. La biographie que je n'ai jamais terminée tant elle me tombait des mains par son style lourdaud raconte dans sa deuxième moitié l'engagement politique actif de l'auteur pour l'Allemagne nazie. Un long chapitre, intitulé

« La Collaboration », est agrémenté d'une photo de l'écrivain en compagnie de Marcel Déat, ministre de Pétain. Le dernier chapitre, « Dans le camp des perdants », retrace la fuite de Châteaubriant à Sigmaringen lors de la Libération puis au fin fond du Tyrol. Comment n'ai-je pu rien voir ? Je me suis dispersé. Et comment rédiger ma notice à présent ?... Ne parler que de *La Brière* ?... Après tout, c'est mon sujet... La collaboration ne débute qu'en 1940... À cette date, Châteaubriant a déjà soixante-trois ans... Il lui reste onze ans à vivre... Occulter ces années ?... Onze années sur une existence de soixante-quatorze... ça fait... un ratio de 15 %... ça laisse tout de même 85 % de vie hors collaboration... C'est étrange... Quand je parle d'écrivain collaborateur, je ne peux me retenir d'utiliser des points de suspension... Comme Céline... Lui aussi a été marqué du sceau de l'infamie... Ça ne l'a pas empêché de rester dans l'histoire littéraire... Il a survécu vingt et un ans après la collaboration... Sur ses soixante-sept années de vie... on est sur du 30 % collabo... Le double de Châteaubriant... Et pourtant, on trouve encore ses livres en librairie... Je crois me souvenir que Céline parle de sa collaboration, dans un de ses romans... Peut-être y explique-t-il comment il a réussi à s'en sortir, lui ?... *D'un château l'autre*, ça s'appelle... Et... maintenant que j'y pense : le château dont il est question est celui de Sigmaringen... L'endroit même où Châteaubriant s'est réfugié en 1944...

Je ne possède pas ce livre, mais peut-être pourrai-je me le procurer à la bibliothèque associative du village : tous les classiques s'y trouvent – seuls les classiques s'y trouvent, devrais-je plutôt dire. Coup de bol, on est mardi, jour d'ouverture. J'y vais en abandonnant derrière moi les points de suspension : ponctuation hyperpénible en vérité, raison principale pour laquelle Céline m'horripile (ça et sa haine des Juifs, peut-être aussi un peu).

Marjorie a pris son après-midi. Elle en profite pour compter dans le salon le nombre de signatures d'une pétition sur la valorisation touristique de notre commune qu'elle souhaite envoyer à l'Assemblée nationale. J'enfile ma veste en douce, ouvre la porte à la dérobée et me faufile dehors. Inutile d'attirer l'attention. Si je lui racontais tout, Marjorie jugerait que je m'éparpille encore, que je passe à côté d'infos essentielles et que je me compromets. Lire Céline n'est pas forcément une énième dispersion, lui ferais-je remarquer. Pour un esprit cartésien comme le sien, si, peut-être, mais pour une intelligence artistique, cela coule de source. Qu'elle se mette à ma place : Châteaubriant a été effacé de l'Histoire, certes, mais l'œuvre de Céline, elle, a été épargnée. Et comme les deux hommes se sont sûrement croisés lors de la débâcle de 1944, j'espère trouver une trace d'Alphonse dans ce roman. Sans compter que Château était le surnom que Romain Rolland donnait à son ami. *D'un Châteaubriant l'autre* : du gentilhomme campagnard au collabo. Il ne m'en faut pas plus pour élaborer des affinités électives. Bien sûr, Marjorie ne voudrait rien entendre, elle m'arracherait le Céline des mains et m'intimerait de creuser la bio de Châteaubriant sans délaisser cette fois-ci l'aspect politique, parce que : « Tout n'est pas politique, mais la politique s'intéresse à tout. » C'est une citation de Machiavel, au fait. Je n'ai pas eu le temps de le préciser à Jean-Bastien. Dommage. Il aurait mieux compris le fonctionnement de mon couple dans lequel je me dispute, jusque dans mon imagination.

À peine ai-je passé le portillon que Joseph me hèle de l'autre côté de la rue. Habillé tout de kaki, il décharge son pick-up d'animaux morts, principalement des oiseaux, en compagnie d'un ami. Je me rapproche et annonce d'emblée que je suis pressé. Le collègue se retourne. Je reconnais le châtelain – le Bernard Madoff de la saucisse, comme l'appelle désormais Marjorie qui, depuis le temps, a fait une croix sur notre commande. C'est vrai qu'il ressemble à Bernard Madoff avec ses cheveux blancs mi-longs, ses gros sourcils noirs et ses lèvres finement aristocratiques. Il me salue poliment, d'une façon un peu roide, avec une pointe de gêne, puis replonge dans le coffre du véhicule pour trier son gibier.

Qu'il n'espère pas s'en tirer sans explication : je m'apprête à lui demander où en est notre commande de charcuterie, mais Joseph me coupe. Il m'annonce m'avoir vu à la télé il y a quelques semaines. Pas besoin de me justifier, il approuve, même s'il n'a pas très bien compris contre quoi je manifestais. L'important, c'est de signifier son mécontentement, de foutre en l'air la politique du gouvernement. Depuis le temps qu'on nous cache la vérité, qu'on nous manipule, n'importe quel coup de pied dans la fourmilière est le bienvenu. C'est comme pour les sangliers… Je l'interromps. Comme je l'ai déjà dit, je n'ai que très peu de temps. Et puis, son histoire de sangliers… je commence à avoir des doutes. Malgré certains signes troublants, cet animal ne sera jamais assez évolué pour prendre notre place.

Ce que je ne précise pas à Joseph, c'est que mon jugement a été émoussé à la lecture du *Sylvain et Sylvette* acheté en librairie. Une scène extrêmement peu convaincante m'a ôté toute appréhension : celle où le sanglier saisit un balai pour assommer le loup. La patte droite de l'animal s'enroule sur le manche comme un tentacule de poulpe : la patte gauche est simplement posée, sans aucune prise sur le bois. L'image ne tient pas la route. Aussi doué que l'illustrateur puisse être, il ne peut faire autrement que de rater son dessin. Et cela pour une seule et bonne raison : le sanglier n'a pas de pouce préhensile. Et sans pouce préhensile, pas de maniement d'objet. Et sans maniement d'objet, pas de manufacture d'outil, ni de civilisation développée…

Alors que je songe à tout cela, Joseph a le temps de fouiller le coffre de son pick-up et d'en sortir un long canard sauvage au plumage vert-bleu. Il fourre deux doigts dans le bec qu'il ouvre largement, puis me désigne la commissure. J'y distingue comme des dents. Non, pas des dents, m'explique-t-il, des lamelles, tous les oiseaux des marais en ont : ça permet de filtrer l'eau. Joseph frotte son pouce dessus pour en éprouver la souplesse. D'habitude on les voit à peine, mais celles-ci sont hypertrophiées : ça se rapproche d'une brosse à dents, type médium. J'acquiesce et ajoute qu'on dirait des fanons de baleine, comme ceux de Moby Dick.

La faute à la pollution, intervient le châtelain qui, sentant que la conversation ne bifurquera pas vers les saucisses, reprend de l'assurance. L'eau est de plus en plus souillée, continue-t-il d'un ton docte, résultat : les lamelles enflent pour filtrer davantage. La loi de l'évolution. Toute la nature fonctionne ainsi. Et s'il y en a une qui a bien compris ce principe, poursuit-il en désignant ma maison, c'est ma femme, Marjorie : elle se démène pour préserver le marais tout en le rendant plus attractif. À ce propos, où en sont ses signatures ? Je hausse les épaules, il faudrait lui demander, elle les compte en ce moment même…

La différence entre ma femme et moi, continue ce type qui, seulement après une seule soirée barbecue, semble nous connaître parfaitement au point de dresser nos portraits psychologiques comparatifs, la différence, donc, est que Marjorie a l'expérience du terrain. Elle s'est déplacée dans le marais pour évaluer à la fois le potentiel touristique et l'importance de sa préservation. Il faut aller à la rencontre de la nature pour la comprendre vraiment. Et d'ailleurs… Pourquoi ne viendrais-je pas l'étudier à mon tour ? conclut-il. Le week-end prochain, Joseph, le châtelain et son fils organisent une battue au sanglier aux abords de Mazerolles. Serai-je des leurs ?

C'est une excellente idée, ça, s'enthousiasme Joseph. Puisque j'entame une carrière dans la voie de la contestation, pourquoi m'arrêterais-je en si bon chemin ? C'est que… Je n'ai aucun matériel, ni même la tenue… Le châtelain me toise. Son fils doit faire à peu près ma taille. Il me prêtera tout ce qu'il faut. Je le connais, non ? C'est le papa de Lorenzo qui est en classe avec Louise. Ah ? Oui. Peut-être. De vue. De loin… Alors c'est OK pour samedi prochain ? Je ne sais pas encore… Pourquoi pas… Mais… samedi, vous dites ? Le 4 mars, c'est bien ça ? En fait, non, ça ne va pas être possible : je dois me rendre dans l'après-midi à un festival à La Baule… L'après-midi ! s'exclament les deux hommes. On sera largement rentrés. La chasse se pratique le matin à l'aube, à la fraîche. Je vais y réfléchir, mais là, je dois filer. Je confirmerai dans la semaine. À bientôt.

En m'éloignant, je me lamente de mon esprit d'escalier. À la question *Où en sont les signatures ?*, j'aurais dû répondre : *Au même point que notre commande de saucisses, j'imagine...* Ah ! Il en aurait fait une tête, Madoff, et aurait été obligé de s'expliquer. Faire demi-tour ? *Au fait, tout à l'heure, à propos des signatures, je voulais vous dire que c'est comme vos saucisses...* Non, la réplique ne fonctionne pas à contretemps. Tant pis. Je la garde pour la prochaine fois. Ce week-end peut-être, lors de cette partie de chasse. Je serais capable d'accepter l'invitation rien que pour ça...

J'arrive quelques minutes avant la fermeture de la bibliothèque. J'ai seulement le temps d'y trouver mon livre et d'en ressortir. Ce passage éclair prive mon récit d'une description des lieux. Je n'aurais pas été retenu par Joseph, j'en aurais fait une page entière. Non pas que l'ancienne bâtisse transformée en salle de prêt m'inspire, mais depuis que Jean-Bastien m'a alerté sur le ton cynique employé pour dépeindre ma commune, j'essaye depuis quelques chapitres de valoriser mon environnement. La scène du jardin du presbytère était une amorce de réhabilitation. Je ne voudrais pas griller mes chances de postérité à Saint-Mars-du-Désert. On ne sait jamais, un endroit pourrait à l'avenir être rebaptisé à mon nom : *Si on allait à la bibliothèque Korlowski ? L'auteur a rédigé une si belle page à son sujet dans un de ses romans*, dirait-on. Encore mieux : *Si on allait à la Korlowski ?* Tout simplement. Quelle consécration qu'un patronyme transmuté en nom commun ! On appelle ça une antonomase. Phineas Taylor Barnum, par exemple, producteur de spectacles de cirque au XIXe siècle, a laissé son nom au chapiteau. On se souviendra aussi de Louis Béchameil pour sa sauce, Eugène Rimmel pour le maquillage, Roy Jacuzzi pour la baignoire à remous, Guillaume Massiquot pour la machine à couper le papier, John Loudon McAdam pour son procédé de revêtement en dur de la chaussée. Sans oublier le comte de Sandwich, le préfet Poubelle, Étienne de Silhouette, Joseph Opinel, Samuel Colt, Mikhaïl Kalachnikov… Il en sera de même pour moi : je deviendrai synonyme d'un lieu de savoir. Car même si, dans ce livre, la description de la bibliothèque est manquante, les gens diront : *Korlowski n'a jamais décrit cette bâtisse, c'est vrai. Il n'a même jamais rédigé quelque chose de valorisant à son propos, mais on trouve dans ses œuvres tellement de petites informations rigolotes et culturelles qu'il mérite amplement son monument à Saint-Mars-du-Désert.* (Franchement, vous saviez, vous, pour Jacuzzi et McAdam ?)

Mon absence n'a pas été remarquée. Sur la pointe des pieds, je regagne mon bureau, me vautre sur le canapé et commence ma lecture *D'un château l'autre*.

Contrairement à Châteaubriant, Céline n'a pas été condamné à mort à la Libération, mais on le considère tout de même comme un rebut de la société. Dans les années 1950, il vit dans la pauvreté et peine à chauffer son appartement dans lequel les températures avoisinent le zéro en hiver. Détesté de tous, il tente tant bien que mal de reprendre une activité de médecin généraliste mais ne gagne rien : seuls les indigents daignent lui rendre visite. Le début du livre est péniblement geignard, à peine lisible, avec un fiel inépuisable contre son éditeur, Gallimard, qui vend encore énormément de *Voyage au bout de la nuit*, tout en refusant de lui reverser ses droits d'auteur.

Céline vit dans un château de cartes de son ancienne gloire littéraire. Sa rancœur d'après-guerre lui évoque un autre château, également de pacotille celui-là : Sigmaringen, dans le sud de l'Allemagne, où l'écrivain a suivi en 1944 le gouvernement de Pétain en exil. Flash-back sur ses souvenirs de figures de la collaboration en fuite : Pétain, bien sûr, Laval, mais aussi le moins connu Otto Abetz, ex-ambassadeur d'Allemagne à Paris, mondain fantasque qui persiste à organiser des « surprises-parties » en souvenir du bon vieux temps de l'occupation. Lorsqu'il rencontre Céline au village, il l'invite : « Docteur, s'il vous plaît !… voulez-vous venir au Château, demain soir ?… dîner ? avec Hoffmann ? sans façon !… entre nous !… »

Un repas est organisé entre Abetz, Céline et Amilcar Hoffmann, le conseiller d'ambassade. Les hommes discutent de l'armée de Leclerc qui progresse. L'ambiance suinte la débandade. Céline, égal à lui-même, estime qu'on ne le reçoit pas assez bien. Il lorgne dans son assiette et soupçonne l'ambassadeur de ne pas lui offrir ses meilleurs mets. Le dîner est interrompu par un majordome (que Céline appelle : « le larbin »). « Quelqu'un !… M. de Châteaubriant est là !… Alphonse !… il désire parler à monsieur l'ambassadeur ! »

C'est presque trop beau pour être vrai. Je relis la phrase : *Châteaubriant.* Avec un t. Et Céline précise *Alphonse* pour qu'il n'y ait aucune confusion possible. Mon intuition était la bonne. Je dévore la scène longue de sept pages. Châteaubriant se présente dans le salon d'Abetz en costume traditionnel du Tyrol : cape brune, souliers de chasse, chapeau en feutre avec petite plume et piolet à la main. Encore une fois, je pense aux Dupondt et à leurs déguisements ridicules dès lors qu'ils partent à l'étranger. Autre nouveauté : Châteaubriant porte une très longue barbe peu entretenue, « une barbe de druide !... Elle était que barbe mondaine là-bas, maintenant drue, grise, hirsute... envahissante !... vous lui voyiez plus la figure... plus que les yeux... ».

Alphonse prend la parole d'une voix très chaleureuse. Son discours est illuminé : rien n'est perdu pour la cause nationale-socialiste, annonce-t-il à ses hôtes. Il a un plan. Avec quelques-uns de ses amis, il compte se réfugier au fond du Tyrol. Là-bas, ils attendront dans un cirque de montagnes que les armées de libération de Leclerc viennent vers eux et ils leur largueront dessus une bombe. « Quelle bombe, Alphonse ? » s'étonne Céline. Une bombe morale, explique-t-il, car la religion chrétienne n'a jamais triomphé autrement.

À table, on se regarde, on sourit, on n'a pas souvent l'occasion de s'amuser ces temps-ci, alors on encourage le visiteur à poursuivre. La scène vire rapidement au dîner de con. On demande à Alphonse ce qu'il prévoit de faire après le largage de sa *bombe* morale sur l'armée française. Le pauvre fonce tête baissée : une grande fête place de la Victoire, l'érection d'une statue dix fois plus haute que celle de la Liberté à New York, réunir l'Opéra de Berlin et celui de Paris et jouer *La Chevauchée des Walkyries* pour l'inauguration. Céline et ses amis boivent du petit-lait.

Châteaubriant s'emballe. Il entreprend de siffler l'air des *Walkyries*, mais il siffle mal. Pour se donner une contenance, il saisit son piolet, le place devant la bouche et mime la trompette. Abetz critique son interprétation : « Châteaubriant ! Châteaubriant ! je vous prie ! permettez-moi !... la trompette seulement sur le do !... final ! final ! Pas sur le sol ! » Châteaubriant lâche son piolet et, dans un éclair de lucidité, comprend qu'on se fout de sa gueule. Il entre alors dans une colère noire, attrape les assiettes, les couverts, les tasses, les soucoupes et les balance dans la salle à manger. En l'espace de quelques minutes, il détruit tout, puis quitte la pièce en courant.

Céline le rattrape à l'extérieur et le retrouve sur le trottoir, calmé, un peu honteux. Alphonse s'interroge sur la quantité de vaisselle qu'il a pu abîmer. Céline n'ose pas lui répondre qu'il a tout brisé. Il le ramène chez lui dans la nuit. Les deux écrivains se font arrêter par un soldat allemand qui leur demande où ils vont. Céline explique qu'il raccompagne son ami malade. Le soldat leur fait signe de passer, mais Châteaubriant proteste, « il se dresse face au flic, sa grosse barbouse dans la torche !... "*Kraft ist nicht alles*" ! qu'il lui crie comme ça, fort dans le nez ! "la force n'est pas tout" ». Le policier ne se fâche pas, « il voit à qui il a affaire », précise Céline qui parvient à ramener son collègue chez lui. « Je n'ai jamais revu le très cher Alphonse !... » écrit-il en conclusion de la rencontre.

J'avais quitté Châteaubriant, intellectuel fantasque, philosophe à la barbe entretenue à la fin des années 1920, je le retrouve complètement fou et hirsute en 1944. Quel a été ce parcours qui le changea si radicalement en quinze ans ?

J'en suis à ces réflexions lorsque Marjorie ouvre la porte du bureau. Elle revient de l'école et me jette un regard soupçonneux. Suis-je sorti aujourd'hui ? Je pose délicatement *D'un château l'autre* sur le canapé, une main dessus, de manière à cacher l'autocollant de la bibliothèque. Sorti ? Je ne vois pas ce qu'elle veut dire ; comme convenu, je suis resté enfermé pour travailler sur ma notice. Pourquoi cette question ?

Quelqu'un me cherche au village, m'annonce-t-elle. Et pas n'importe qui : ma présentatrice, là, celle que j'aime bien, Angèle quelque chose... Elle posait des questions à la sortie de l'école en montrant à tout le monde la vidéo de la manif sur son portable. De la manière la plus détachée possible, je demande : Tu veux sans doute parler d'Agnès Charante, la chercheuse anthropologue et journaliste ? Elle balaie ma remarque d'un hoquet indigné. Agnès, Angèle… Peu importe. Ce qui inquiète Marjorie, c'est que certains parents m'ont presque identifié comme étant le papa de Louise. Marjorie a démenti. Personne n'a osé la contredire. Avec mon accoutrement dans le reportage, on peut avoir un doute. Heureusement que je ne m'intègre pas vraiment au village, soupire-t-elle. Ça aide. Les gens ne savent pas vraiment qui je suis, ils ne connaissent même pas le son de ma voix, ni même ce que je fais dans la vie. (Avec cette seule phrase, Marjorie réduit à néant mes rêves d'antonomase bibliothécaire.)

Je me lève. J'ai besoin de savoir s'il s'agit réellement d'Agnès Charante, mon Agnès Charante : un mètre soixante-quinze, yeux noisette, cheveux longs, châtains et un sourire à vous faire chavirer. Plutôt un sourire à me dévorer jusqu'à l'os, rétorque Marjorie, c'est une carnassière, ça se voit. Tant qu'elle rôde dans les parages, je ne sors plus d'ici. Je me terre à la maison, compris ?

Mais pourquoi ? Cette rencontre serait l'occasion d'une explication. Une fois le malentendu dissipé, je pourrai parler un peu plus de mon travail de romancier et de mon contrat à l'Académie française. Une publicité dans le 12/13 ferait le plus grand bien à mon déficit de notoriété au village, non ? Marjorie secoue la tête : cette fille n'en a rien à foutre de mon œuvre littéraire, elle est venue pour me pousser dans des retranchements politiques que je ne maîtrise pas. Elle veut du scoop et du scandale. C'est le genre de femme qui, à son âge, a besoin d'un rebond dans sa carrière. Elle a ressorti cette vidéo pour se la jouer Élise Lucet : du reportage d'investigation, choc, rentre-dedans, les mains dans le cambouis, acerbe. Elle a les dents longues à labourer la fange. Et moi, je n'ai pas les reins assez solides pour supporter ça. Donc, pour la dernière fois, Marjorie me demande de rester ici. Et si je sors – *tu entends ?* –, si je sors, ce sera pour ne plus jamais revenir.

Vendredi matin, Marjorie part chez sa mère et embarque Louise qui, du coup, ratera l'école aujourd'hui. Prétendument à cause d'Agnès Charante qui aurait été vue au Super U à poser des questions. On raconte qu'elle loue une chambre d'hôte dans les parages. Une hargneuse, insiste Marjorie, comme les paparazzis, elle est capable de camper au village pour obtenir ses infos. Espérons qu'elle disparaîtra bredouille avant la fin du week-end.

Je fais remarquer deux choses à Marjorie. La première : que le mot *paparazzi* est une antonomase. Le nom provient d'un personnage de *La Dolce Vita* de Fellini. Dans ce film, le héros, Marcello, est accompagné de Coriolano Paparazzo, un photographe de presse particulièrement pugnace. La seconde : que les méthodes d'Agnès Charante s'apparentent à celles d'une anthropologue, plutôt que d'une investigatrice de presse à scandale. Elle utilise le principe du décentrage, c'est-à-dire qu'elle cherche à voir avec les yeux de l'autre. Pour y parvenir, elle se place en immersion durable dans un milieu et enquête en observatrice participante.

Marjorie ne semble intéressée ni par les antonomases ni par l'anthropologie. Elle me rappelle seulement mon assignation à résidence. Si je tiens à notre couple, insiste-t-elle, je ne mets pas un pied à l'extérieur jusqu'à son retour. Les courses ont été faites, de quoi survivre trois jours, je n'ai donc aucune raison de mettre le nez dehors. À dimanche soir.

En temps normal, que Marjorie me demande de ne pas sortir durant trois jours m'aurait ravi. L'expérience me ramènerait à l'époque bénie du confinement où aucune relation sociale n'était à entretenir. Je passais mon temps à lire. Aujourd'hui, sachant Agnès Charante dans les parages, à ma recherche, empressée de me voir, de me parler, d'apprendre à me connaître, de m'apprivoiser peut-être, j'aurai grand mal à rester enfermé.

Et puis ça rime à quoi, tout ça ? Me voilà à nouveau en caleçon dans mon bureau (oui, j'ai également promis de ne plus porter ce merveilleux pantalon de velours côtelé). Retour à la case départ. J'ai l'impression que mon récit ne consiste qu'en de multiples allées et venues entre deux ou trois lieux – toujours les mêmes –, comme dans *L'Éducation sentimentale* où le héros, Frédéric, oscille mollement entre Paris et Nogent, la campagne et la ville, la maison d'Arnoux et celle de sa mère. La répétition de ses microvoyages n'a qu'une seule issue : l'échec. Et c'est précisément ce qui risque de m'arriver tant la routine s'apparente au ressassement. Ressassement d'une existence qui tourne en rond et se répète dans ses habitudes mesquines.

Marjorie y est pour beaucoup. En régentant ma vie, elle me brime. Avec une compagne de la trempe de, je ne sais pas, moi, Agnès Charante, par exemple, mon existence deviendrait un véritable roman d'apprentissage. J'ai besoin d'une femme à la fois d'action et de réflexion. Une femme qui, sur le terrain, n'hésite pas à s'impliquer physiquement, qui sait aussi se poser, par moments, pour intellectualiser les faits, prendre du recul. Une femme qui me comprend et qui, comme moi, connaît l'expérience de l'écriture. Le soir, nous aurions des échanges passionnés sur nos projets réciproques. Agnès Charante, lui dirais-je, où en es-tu de ton prochain livre ? *Je t'en prie, appelle-moi juste par mon prénom, comme le font tous les couples.* Nous ne sommes pas comme tous les couples et tu n'es pas comme toutes les femmes : Agnès Charante est une entité linguistique, l'antonomase de la passion véritable, alors que Marjorie... Marge-orie... ça sonne comme un à-côté de la vie. Marjorie... Marge-horrible... une sortie de route fatale. Rester avec elle, c'est signer le suicide de mon intellect.

J'y songe... Peut-être est-il arrivé la même chose à Châteaubriant ? Je ne me suis jamais penché sur son couple (pas plus que sur sa conversion au nazisme, mais je travaille de manière concentrique. Pour cerner le problème et circonscrire la cause, je procède par élimination). Châteaubriant s'est marié à vingt-six ans avec Marguerite, une jeune femme discrète dont l'Histoire ne retient rien, sinon qu'elle fut la compagne de l'écrivain. En fouinant sur internet, je trouve seulement deux informations la concernant : Marguerite est la fille d'un médecin de Saint-Nazaire et est passionnée de piano. Épouse effacée, sans réelle épaisseur, elle s'occupe des enfants et laisse son mari écrire sans se mêler à sa vie d'artiste. Avec une telle compagne, pas étonnant qu'Alphonse, tiraillé par un appétit intellectuel sans pareil, ait cherché un sens métaphysique à son existence, une étincelle spirituelle dans ses relations, quitte à se fourvoyer dans des causes qui le dépassent. J'en suis au même point avec Marjorie. Si je m'égare dans mes pensées, c'est que ma compagne n'est pas la confidente attendue, ni la muse avec qui des échanges passionnés font avancer le débat.

Après trente ans de mariage, Châteaubriant rencontre une autre femme : Gabrielle Castelot, plus jeune que lui d'une dizaine d'années, poétesse, journaliste, Belge. Les deux se côtoient d'abord dans le milieu littéraire parisien, puis Alphonse invite sa nouvelle amie à passer des vacances chez lui, dans sa maison de Piriac-sur-Mer. (Je recherche sur internet, le domaine existe toujours. Je note l'adresse sur un Post-it : route de Port-Kennet.) Gabrielle s'y présente avec son grand fils de vingt-trois ans, André Castelot (qui deviendra un des plus célèbres historiens vulgarisateurs de la seconde moitié du XXe siècle. Pour les plus jeunes qui ne connaissent pas, disons qu'il fut l'équivalent de Stéphane Bern aujourd'hui...). Marguerite, Gabrielle, Alphonse et André s'entendent parfaitement. Par la suite, André deviendra le secrétaire particulier d'Alphonse. Les liens se resserrent. Il est cependant précisé dans la biographie qu'« entre Châteaubriant et Gabrielle Castelot, il ne s'agira jamais que d'une amitié pure ».

J'ai un doute. Soit le biographe est légèrement naïf, soit il ne souhaite pas entacher davantage la mémoire du grand homme, car à partir de leur rencontre, Gabrielle et Alphonse ne se quittent plus, de jour comme de nuit. À l'automne 1934, ils partent tous deux durant trois mois dans une tournée itinérante en France et en Belgique pour une série de conférences sur le thème du gentilhomme campagnard. Lorsque Châteaubriant daigne enfin regagner ses pénates pour passer une soirée en famille – celle du nouvel an 1935 –, il appréhende l'accueil de sa femme. Marguerite réagit comme si de rien n'était, au grand soulagement de son mari : « J'ai été admirablement bien reçu », rend-il compte à sa sœur dans une lettre, « sans aucune allusion… et avec le ton de la plus parfaite sérénité… Grand tant mieux, tu penses bien ! »

Le feu vert étant donné par Marguerite, Alphonse peut fréquenter Gabrielle comme il lui siéra. Pour lui, c'est une libération. Écartelé pendant trente ans entre une philosophie d'ouverture sur le monde et une vie étriquée auprès d'une épouse casanière, il voit de nouveaux horizons s'ouvrir à lui. Il n'est plus seul. Il se sent d'attaque pour parcourir la terre entière à la recherche du fameux panorama humaniste qu'il magnifie. Un projet naît dans son esprit : un roman en lien avec les légendes celtiques. Plus qu'un livre, c'est un impératif indispensable à la paix européenne. Nos nations dégénèrent faute d'une volonté de se forger un idéal commun. L'avènement d'un homme nouveau est nécessaire. Alphonse souhaite y contribuer par une refonte des relations entre la France et l'Allemagne. Pour cela, il doit créer un mythe, une vision conjointe d'une société fondée sur des bases métaphysiques. Il compte intituler cette nouvelle œuvre ambitieuse *Les Chroniques de l'âme*.

Bonne copine, Gabrielle lui propose un voyage en Allemagne pour humer l'esprit de ces mythes brumeux. Ils partent tous deux en Forêt-Noire et reviennent conquis : « Il y a tant d'étonnantes lumières promises, écrira Alphonse dans son journal, tant de science cachée, tant de révélations dans le silence des forêts que je voudrais écrire un livre qui serait sur l'Allemagne, quelque chose d'apte à nous approcher de ce monde de pensées et de sentiments cachés… »

La politique du pays le charme également. À l'étudier de plus près, son projet change de cap : inutile de rédiger un nouveau mythe, le national-socialisme semble vouloir s'en charger. Pour preuve, dans son dernier discours, Hitler vient d'annoncer à la jeunesse allemande : « Pour que notre peuple ne disparaisse pas sous les symptômes de dégénérescence de notre temps, nous devons élever un homme nouveau. » En creusant, Alphonse constate que le projet du charismatique chancelier propose une reconnaissance de chaque individu comme tout et partie d'un ensemble harmonieux. Et, à l'inverse du communisme, il place les valeurs spirituelles au-dessus des préoccupations matérielles. Idée parfaitement résumée dans le récent best-seller *Mein Kampf* : « La communauté […]

devra constater l'égalité idéale de tous, dès que tout individu qui a la place qui lui échoit s'efforce de faire de son mieux. C'est ce sur quoi doit reposer l'estime à laquelle a droit un homme et non sur son salaire. » Châteaubriant adhère sans réserve à cette vision du monde. Il s'engage dans deux nouveaux voyages d'étude de cette politique allemande. C'est décidé : son prochain livre sera finalement *La Gerbe des forces*, un essai à la gloire du Reich.

Durant l'été 1938, lors du troisième séjour d'Alphonse et Gabrielle en Allemagne dans les Alpes bavaroises, une lettre les attend à l'hôtel où ils séjournent. Il s'agit d'une invitation à Berchtesgaden, dans le « Nid d'aigle » de Hitler, délivrée par le ministère de la Propagande, pour le 13 août à dix heures du matin. Le Führer serait curieux de rencontrer cet intellectuel français ami de l'Allemagne. L'histoire ne dit pas si Châteaubriant est flatté ou inquiet, tout ce que l'on retiendra c'est que Gabrielle et lui se présentent au rendez-vous et que le Führer leur fait belle impression.

Certains prétendent qu'Alphonse subissait l'influence nocive de sa nouvelle compagne. Romain Rolland, son ami de toujours, disait d'elle : « Depuis des années, elle a pris possession de sa vie entière. » Il est vrai que Gabrielle a souvent été là quand il s'agissait de prendre de mauvaises décisions. Sans elle, il n'y aurait pas eu de voyage en Allemagne, par exemple. Mais est-elle fautive ? Je ne crois pas. La soudaine emprise idéologique serait plutôt à chercher en amont, dans le mariage étriqué d'Alphonse et Marguerite. Trente longues années d'une misérable vie de couple n'ont pas préparé Alphonse à la liberté. Le premier dictateur croisé, pour peu qu'il soit attrayant, n'a pas eu de mal à convaincre un homme baignant dans une vie fade. C'est ce qui risque de m'arriver si je reste trop longtemps dans ce même schéma de ménage conformiste : je perdrai mon indépendance d'esprit et ne parviendrai plus à penser par moi-même. La preuve en est cette petite manif d'extrême droite dans laquelle je me suis laissé entraîner.

Je me demande tout de même comment Hitler a pu embobiner Alphonse sur la réelle nature du national-socialisme… Et d'ailleurs, à quoi ressemblait le Führer à cette époque ? J'ai besoin de visualiser l'homme, précisément cet été-là. C'est une méthode d'écrivain (et d'anthropologue aussi) : le décentrage. Voir avec les yeux de l'autre. Il me faut trouver l'image du dictateur le 13 août 1938 à dix heures du matin. Je déniche sur internet une série de photos prises à Berchtesgaden l'été 1938. Sur l'une d'elles, datée du 9 août (pas mieux, mais je m'en contenterai), le chancelier allemand est entouré de jeunes gens enthousiastes. La définition est excellente. Il me faut l'imprimer pour l'avoir partout avec moi sous les yeux. Immersion. Observation. Si Agnès Charante était ma compagne, nous aurions des débats à ce sujet. J'enregistre l'image sur clé USB et cours dans le salon pour lancer l'impression.

Impossible d'obtenir ce que je veux. Je fouine dans le panneau de configuration de l'imprimante : le paramétrage affiche une cartouche d'encre vide. Je peste. *Les courses ont été faites, de quoi survivre trois jours, il n'y a aucune raison de mettre le nez dehors.* Depuis le temps que nous sommes ensemble, est-il possible que Marjorie n'ait pas pensé que de l'encre était pour un écrivain du domaine de la survie ? Une seule solution : la machine automatique d'impression photo du Super U. Je fourre la clé USB dans ma poche et sors en trombe.

Les magasins Super U occupent une place de plus en plus importante dans le paysage de la grande distribution française. En constante progression depuis vingt ans, leur chiffre d'affaires a dépassé celui d'Auchan ou de Casino pour atteindre aujourd'hui le quatrième rang des supermarchés les plus rentables du pays. Le secret de ce succès ? Certainement pas les prix appliqués en rayon, plus chers que partout ailleurs, mais un statut de commerce de proximité implanté en campagne. On ne va pas au Super U pour remplir son frigo mais pour faire l'appoint. Chaque jour, une grande partie de la population des zones rurales et périurbaines s'y déplace pour acheter une plaquette de beurre, un citron ou un pot de confiture dix pour cent plus cher que la normale et, chaque jour, les bénéfices des enseignes U gonflent tranquillement.

Le magasin de Saint-Mars-du-Désert est à l'entrée sud du village, en bordure de la départementale 9, entre la pharmacie et un garage, à cinq minutes à pied de chez moi. Il possède un parking d'une centaine de places, pas très grand mais fonctionnel, portant le nom de parking Beau-Soleil. L'intérieur du bâtiment est de taille humaine, avec un hall assez vaste donnant directement sur le comptoir d'accueil. Différents articles y sont mis en exposition selon les saisons : transats et tables de jardin au printemps, charbon et piscines gonflables en été, stères de bois à l'automne, sélection d'alcools forts en hiver.

La machine de tirage photo libre-service est placée contre la baie vitrée d'entrée, en face de la seule caisse ouverte en cette fin d'après-midi. Les clients qui règlent leurs achats sont obligés de passer près d'elle pour quitter le magasin. J'hésite à y glisser ma clé USB. Je scrute les alentours. Pas d'Agnès Charante à l'horizon. On ne va pas se mentir : si je suis ici, c'est qu'au fond de moi, de manière presque inconsciente, j'espérais la croiser. Mais à présent que j'y réfléchis, j'admets que sortir de chez moi pour imprimer une photo de Hitler dans un lieu public n'était pas forcément la meilleure idée. J'insère ma clé et sélectionne le document. Le Führer s'affiche à l'écran entouré de jeunes enfants souriants. Reste à indiquer le nombre d'exemplaires. Coup d'œil vers la caisse. En quatrième position, derrière trois clients (deux retraités et une femme enceinte), j'aperçois le châtelain. Nos regards se croisent. Je m'adosse à la machine, histoire de cacher un maximum l'écran, et lève un bras en guise de salutation (*pas trop tendu, le bras, pas trop tendu*). Le châtelain paraît encore plus gêné que moi. Il me répond d'un signe timide du menton. Dans mon dos, la machine vrombit.

Mon coude a validé l'impression en quatre-vingt-huit exemplaires. Le nombre apparaît en filigrane par-dessus la photo de Hitler. La commande est lancée. Impossible d'annuler. Une photo sort du flanc de l'appareil… Cinq… Six… Le châtelain progresse d'un rang. Il tente de fuir mon regard. Je ne sais pas ce qu'il a, mais tant mieux. Quatorze… Quinze… Je récupère les clichés un à un et les glisse dans une poche de mon manteau. Vingt et un, vingt-deux… Le châtelain gagne une place. Trente-huit… trente-neuf… Il arrive au niveau du tapis, mais ce n'est pas encore son tour. La lenteur de l'impression est un supplice. Et impossible d'effacer l'écran tant que les quatre-vingt-huit exemplaires ne sont pas tombés. Cinquante-trois… Cinquante-quatre… Il pose ses produits sur le tapis et attend. Soixante-six, soixante-sept… Un retraité règle ses achats devant lui. Soixante-quinze, soixante-seize… C'est son tour : la caissière scanne quatre barquettes. Quatre-vingt-un, quatre-vingt-deux… Il paie par carte, sans contact, et enfourne les barquettes dans un sac en toile. Quatre-vingt-six, quatre-vingt-sept… La dernière photo arrive. Je l'arrache de la machine, à peine sèche, l'encre me colle sous les doigts. Je sors précipitamment, traverse le parking Beau-Soleil et m'éloigne à grands pas, une main sur ma poche gonflée.

Parvenu dans ma rue, je reprends mon souffle, mes esprits. Je pense au châtelain. Obnubilé par mes photos, je n'y ai pas prêté attention, mais maintenant tout est clair : ses quatre barquettes posées sur le tapis, son embarras quand la caissière les a manipulées… Je revois parfaitement la scène, oui, bon sang, c'est évident : il s'agissait de barquettes de saucisses. Des chipolatas aux herbes, pour être précis. Et pourquoi les prendrait-il au Super U puisqu'il connaît un producteur qui peut les lui vendre moins cher ? Tout simplement parce que son histoire est une arnaque. Marjorie avait raison de le traiter de Bernard Madoff de la saucisse. Il truande son monde. Je ne sais pas comment il se débrouille, mais j'imagine un système sur le modèle pyramide de Ponzi : pour apaiser ses petits investisseurs, il achète quelques saucisses au supermarché qu'il redistribue au compte-gouttes, mais il lui faut toujours plus de gogos, toujours plus de commandes pour s'enrichir, une pyramide de saucisses. Je l'ai percé à jour.

Je m'enferme chez moi avec quelques inquiétudes. Le châtelain sait que je sais. Me considère-t-il comme un témoin gênant ? Je tourne en rond dans mon bureau. Si je bloque sur cette histoire, je vais y passer le week-end. Il faut que je travaille. Je récupère une photo dans mon manteau, ôte mon pantalon et m'allonge sur le canapé pour m'imprégner du portrait de Hitler. Rien à faire. Mon esprit vagabonde. Je songe que je ne suis pas près de les revoir, mes deux mille euros. Je me demande s'il est judicieux d'en parler à Marjorie. Stop. L'heure tourne, il fait déjà nuit et je n'avance pas. Se recentrer. Je me lève et récupère les photos restantes dans mon manteau. Je les punaise un peu partout sur les murs du bureau. Où que je regarde, je ne vois plus que le Führer. Parfait. Cette nuit, je vais pouvoir me plonger entièrement dans l'esprit de Châteaubriant et comprendre le mécanisme de son embrigadement.

La photo : extérieur jour. Hitler, sourire bienveillant, en costume militaire, casquette vissée sur le crâne, pose ses deux mains sur les épaules d'une fillette aux longues nattes blondes. Au second plan, d'autres filles, un peu plus âgées, un peu plus grandes, lui lancent un regard admiratif. À droite, une autre encore tient entre ses doigts fébriles un cliché du chancelier, prête à se le faire dédicacer. À l'arrière-plan, à demi caché derrière les filles, on devine un garde du corps à l'allure sombre. Autour, l'herbe est haute.

C'est bon, je suis dans l'ambiance. Je ferme les yeux. Je vois Châteaubriant et Gabrielle qui se présentent au « Nid d'aigle » le 13 août 1938. Ils sont dans leurs petits souliers, curieux de découvrir cette star politique qui, quatre jours auparavant, dédicaçait des photos à de jeunes groupies. Hitler arrive, lumineux, cordial, bras accueillants, en pleine maîtrise de sa posture, pro dans sa communication. *Quel plaisir de recevoir la fine fleur de l'intelligentsia française !* Face à lui, Alphonse, toujours un peu gauche, tout droit sorti de sa Bretagne, s'ébaudit : « Ses yeux sont du bleu profond des eaux de son lac de Königssee, témoignera-t-il à propos du Führer, il est exaltant de se trouver près de lui quand il parle, [...] son corps vibre sans s'évader une seconde du galbe de sa tenue ; son mouvement de tête est juvénile, sa nuque est chaude. [...] Et la main fine est vive, alerte, souple, intelligente, féminine. Oui, sans doute, il reste de la femme dans cet homme-là. [...] oui Hitler est bon. Regardez-le au milieu des enfants, regardez-le penché sur la tombe de ceux qu'il aimait, il est immensément bon. »

L'attirance n'est pas seulement physique, elle est aussi politique. Hitler est soucieux de préserver une paix européenne : « Soyons équitables, annonce le Führer ce jour-là à ses visiteurs, nous avons moins de raisons de nous haïr que de nous admirer réciproquement. [...] Le national-socialisme est une nouvelle conception du monde et il est impossible, sans la paix, que les esprits puissent s'adapter à cette conception. Une paix longue et profonde... » Le discours rassure Châteaubriant.

Je rouvre les yeux. Déjà le matin ? J'ai dû dormir un peu. Je scrute les photos punaisées sur les murs et tente en vain de recouvrir la chaleur de la nuque de Hitler, le galbe de sa main féminine.

On sonne chez moi.

À pas de loup, je rejoins ma fenêtre. À travers les rideaux, je n'aperçois personne. Mon visiteur s'est engagé dans le renfoncement de la porte, sur la margelle d'entrée. Méthode d'investigateur chevronné. Serait-ce Agnès Charante qui m'aurait débusqué dès potron-minet ? Si c'est le cas, je la recevrai dans mon bureau et lui expliquerai la méprise sur mon compte.

J'ouvre et me retrouve face au châtelain en treillis militaire ; il tient un fusil ouvert sur l'épaule, un sac de toile est posé à ses pieds. Pris de panique, je tente de lui claquer la porte au nez. Il la retient d'une main, me détaille, me demande si je suis prêt. À mourir ? Pas dans cette tenue. Qu'il me laisse au moins passer un pantalon.

Il rit et me conseille de garder mes blagues pour plus tard. On nous attend. Il me désigne le pick-up sur le trottoir. Joseph est au volant, un type plus jeune assis à ses côtés. Il me rappelle la date : la battue aux sangliers, c'est aujourd'hui, le sac au sol, c'est une tenue pour moi. Elle appartient à son fils, celui sur le siège passager. Un grand gaillard, question taille, ça devrait le faire. J'ai cinq minutes pour me changer. Le moteur tourne déjà. À tout de suite.

En treillis militaire, assis sur le coffrage du pneu droit à l'arrière du pick-up, j'utilise le fusil que m'a fourni Joseph comme béquille pour maintenir mon équilibre. La tenue prêtée est à ma taille, seules les bottes sont trop petites d'une pointure et je sens déjà mes orteils s'engourdir. Installé sur le coffrage gauche, le châtelain ne me quitte pas des yeux. Les aspérités de la route lui font dodeliner de la tête d'un air suffisant. Texas, le setter anglais de Joseph, pend sa gueule par-dessus la rambarde ; de sa langue s'échappe un filet de bave qui ondule dans la brise. En traversant la rue principale du village, je songe à Marjorie qui serait furieuse de me voir parader façon *redneck* hexagonal.

Au moment où nous passons devant la mairie, j'aperçois Agnès Charante qui en sort. En pantalon ample, chemisier blanc et talons hauts, un appareil photo entre les mains, encore plus élancée qu'à la télévision, elle ressemble à s'y méprendre à Julia Roberts dans *Closer* (pas le journal people, mais le film de Mike Nichols : *Closer, entre adultes consentants*, celui-là même où une journaliste tombe amoureuse d'un écrivain marié). Elle lève les yeux sur notre pick-up. Je me recroqueville sur mon simili-banc. Ce n'est pas le moment qu'elle me reconnaisse. Le châtelain interprète mon ratatinement comme un forfait face à son regard insistant. Il prend en assurance et se lance : il m'a vu imprimer des *photos de famille* au Super U hier soir tandis que lui achetait *des escalopes de poulet*. Il met en italique certains mots en penchant la tête pour me faire comprendre que si j'accepte le *poulet* pour lui, nous en resterons aux *photos de famille* pour moi. Il me demande d'ailleurs si je les ai toutes récupérées… Un frisson. Il faudra vérifier. Si une image manque, il aura moyen de me faire chanter. Nous sortons du bourg et sillonnons les routes de campagne. Je tente une diversion : J'ai hâte de découvrir la battue aux sangliers, dis-je d'un ton faussement enthousiaste, c'est ma première vénerie.

Vénerie ? Rien à voir, me rabroue le châtelain, une chasse à courre n'implique pas d'arme à feu. Aujourd'hui, ce qu'on me propose est une simple traque. Le truc habituel avec un chien pisteur et de bons gros fusils pour tirer entre les yeux de l'animal. On se cache, on repère le sanglier, on retient son souffle, on vise et… PAN ! Je sursaute un peu trop fort sur le coffrage. Je peste et me plains des nids-de-poule. Le châtelain n'est pas dupe, comme moi il connaît la capacité d'absorption de chocs des lames semi-elliptiques des Jeep Cherokee version 1980, il palpe mon inquiétude.

Nous arrivons aux abords de Mazerolles. Joseph s'arrête de guingois sur un chemin de terre boueux, à l'orée de la forêt qui ceint le marais. Quelques moustiques virevoltent autour de nous, les premiers de l'année, pas encore trop gros, ni trop intelligents. Le châtelain abaisse le hayon arrière, Texas saute immédiatement, plante sa truffe dans le sol et zigzague entre les arbres. Joseph descend, siffle entre ses doigts, le chien se met à l'arrêt.

Le fils du châtelain nous rejoint et me salue timidement. Il ressemble à son père en plus sympathique, plus jeune, plus humble et moins escroc. Il a un petit quelque chose du fils de Bernard Madoff, aussi : visage aristocratique, cheveux mi-longs, lèvres fines qui vibrent dans une moue chancelante comme si elles portaient la culpabilité de la génération précédente. Je pense alors au destin des deux enfants Madoff, les vrais, terrassés par l'arnaque de leur père. L'aîné s'est suicidé, le second a été emporté par un cancer à quarante-huit ans. La progéniture du châtelain survivra-t-elle au jour où je révélerai le système pyramidal de saucisses élaboré par leur géniteur ?

Joseph me sort de mes rêveries en me désignant les bois. On y va, dit-il. Et, effectivement, nous y allons. Dès les premiers pas, je sens que ça va difficilement le faire avec ces bottes. J'ai l'impression de marcher sur la pointe des pieds et mes orteils m'élancent. Je ne serai pas d'une grande aide quand il s'agira de courir. Et d'ailleurs, quatre hommes et un chien, est-ce suffisant contre un sanglier mutant ? Joseph affirme que ce qui compte avant tout, ce sont les fusils. Il ne faut pas que je m'en fasse, lui et ses copains ont l'habitude. Moi, je suis un observateur. J'ai juste à profiter du spectacle. Je me détends un peu. Il a raison, après tout. Je n'ai qu'à me laisser porter. Et puis, ce qui est agréable à la chasse, c'est que grâce au fusil, personne ne peut remarquer mes bras qui tombent verticalement le long de mon corps. Ça remet tout le monde sur un pied d'égalité. La prochaine fois que Marjorie organise un barbecue, je demanderai à Joseph de me prêter ce fusil. Je le laisserai en position ouverte, il sera là juste pour me donner de la contenance. Le temps de préparer le barbecue, je le calerai sur mon épaule. Je suis sûr que je deviendrai plus sociable avec une arme entre les mains.

Mais revenons à la forêt. Si j'ai accepté cette sortie, c'est pour tenter de comprendre l'esprit des marais. Je n'ai toujours pas terminé *La Brière*. Aoustin parviendra-t-il à retrouver les lettres patentes ? J'ai pris l'ouvrage avec moi en cas de temps mort. Je l'ai calé dans une grande poche à l'arrière de ma veste. Cette poche s'appelle le carnier, m'explique Joseph, elle sert à transporter le petit gibier. *Carnier.* Joli nom. Cette partie de chasse m'incite à élargir mon champ lexical. Pour l'instant, je ne me suis pas foulé dans les descriptions : des habits militaires kaki, un chemin de terre dans une forêt anonyme… Je serai capable de mieux en m'imprégnant de l'esprit de Châteaubriant. Ça aurait certainement plus d'allure :

Nos tenues, couleur terre d'ombre, se détachent des fouillis de chênes dont les feuilles ondulent de leurs lobes dans le vent du matin. Notre mâtin foule l'humus de ses cornets glabres. (Mâtin et matin à la suite… Pas terrible… Il faudrait que je travaille cette fausse répétition.) Un merle tait son chant et bat en retraite sur sa charpentière pour se rendre invisible du cerbère au flair de rage. Une houppette cendrée prend son envol d'un érable centenaire ; le bruissement provoqué détache quelques samares qui rejoignent le sol en une pluie de volutes étourdies. Sous le dais de l'arbre, un observateur attentif remarquera les pierres d'un antique dolmen, table dissimulée par la mousse, orthostates étreints dans un entrelacs de racines. Le soleil tamisé dans les frondaisons offre au-dessus du mégalithe une danse erratique de poussières. Certains, comme Lucrèce, y traduiront dans l'imperfection du mouvement une exclusion de toute idée d'agencement du monde, d'autres en concluront que ces déplacements échappent à la compréhension humaine puisqu'ils obéissent à Dieu.

Joseph me sort une seconde fois de mes contemplations pour me désigner les pierres affaissées. Il me demande si j'ai vu. Oui : le dolmen. Intéressant. Je ne savais pas qu'il y en avait à Mazerolles. Il porte un nom ? Le châtelain ricane : un dolmen, ça ? Il ne s'agit que de trois pauvres cailloux balancés à l'orée du marais lors d'un remembrement. On les appelle tout simplement *les trois pierres*, reprend Joseph et ce ne sont pas elles qu'il me désignait, mais plutôt les empreintes qui démarrent à leur base. Il s'agit à coup sûr de notre animal : la vieille laie qu'il a blessée il y a quelques mois. Les Madoff s'accroupissent, l'air sceptique, l'empreinte se compose de minuscules cornes, comme des grains de café qui se terminent en piques : un cerf, concluent-ils. Joseph s'offusque : une laie, bon Dieu ! Regardez : les gardes n'ont pas imprégné la terre pourtant meuble. *Gardes* ? Joseph m'explique : les sangliers ont, comme les oiseaux, des ergots sur les côtés des pattes, c'est-à-dire de petits doigts vestigiaux, un peu plus en hauteur, qui ne servent à rien. Ces membres sont appelés des gardes pour les sangliers, et seulement pour eux ; pour les autres animaux ce sont des ergots. Et donc, une particularité des gardes de la laie, c'est qu'elles tombent à la verticale chez la femelle, alors qu'elles tombent un peu de biais chez le mâle. (Avoir des membres qui s'orientent de biais, façon landèches, est une attitude décidément très masculine chez les mammifères...) Bref, reprend Joseph, lorsque les gardes tombent à la verticale, leurs empreintes se confondent avec celles des doigts principaux – que l'on appelle les pinces. Dans ce cas, il est vrai que l'ensemble s'apparente furieusement à des traces de cerf.

Alors pourquoi prétend-il qu'il s'agit d'une laie ? s'exaspèrent les Madoff. Tout simplement parce que, si on regarde entre les empreintes, on voit des traces de boutis, triomphe Joseph. Les boutis, explique-t-il, sont les tranchées que creuse le sanglier dans la terre avec son groin (son boutoir, dit-on aussi) lorsqu'il recherche des racines ou des champignons à manger sous la terre. Encore une fois, le mot *boutis* n'appartient qu'au sanglier. Si un autre animal fouille dans la terre avec sa truffe, on dit qu'il fouille dans la terre avec sa truffe, alors que le sanglier, lui, il fait des boutis.

Je suis soufflé par la richesse du vocabulaire des chasseurs et me sens soudainement nul avec mon petit paragraphe de tout à l'heure. Inutile de passer des journées entières la tête dans un dictionnaire pour avoir du style, il suffit de s'ouvrir au monde. Châteaubriant n'a pas fait autrement pour écrire son roman : sans artifice, au contact des gens, laissant venir les mots dans un élan d'amour pour l'humanité tout entière, même pour Adolf Hitler avec sa nuque chaude et ses mains féminines. Preuve d'un cœur gros comme ça.

Les Madoff, bien mouchés, ne la ramènent plus. J'interroge encore Joseph : une laie, d'accord, mais comment a-t-il pu savoir que c'était l'animal blessé ? Je ne vois aucune marque de sang. Du sang, non, exulte-t-il, mais les traces se déjugent. Dé-quoi ? Un sanglier normalement constitué pose ses pattes arrière dans les empreintes de ses pattes avant. C'est comme ça chez beaucoup de mammifères. Quand il y a un décalage, on appelle ça *se déjuger*. Typique d'un animal vieux ou éclopé.

Joseph me montre les taillis derrière les pierres ; cinquante mètres après c'est le marais. Il titille son chien, lui dit de chercher, de foncer, d'y aller, quoi. Texas se rue dans les ronces. Alors que les trois hommes s'élancent, je leur annonce que je ne pourrai pas les suivre. Mes bottes me font trop mal. Joseph me propose de rester ici pour assurer les arrières. Si jamais il y a un problème, si la laie rebrousse chemin et vient vers moi, je dois les prévenir par un sifflement censé imiter la mésange charbonnière. Il me montre : pî-pîî-pî-pîî-pîîîî. OK ? Entendu, oui, mais à part ces pépiements, que dois-je faire si la bête me charge ? Joseph précise que ce ne sont pas des pépiements. On dit que la mésange zinzinule. Il commence à m'emmerder, Joseph, avec son vocabulaire. Alors ? Je fais quoi après les zinzinulades ? Ces *zinzinulements*, reprend-il. Eh bien, je ferme mon fusil, je le braque sur la laie et je tire. Mais ça, c'est vraiment au cas où ça tournerait mal. Normalement, il n'y a aucune chance que cette bestiole repasse par ici.

Seul. C'est malin. On m'invite à la chasse pour observer les marais, mais on m'abandonne à ses portes, devant ce dolmen effondré sous un fouillis d'arbustes et de racines. Le fusil sur l'épaule, je n'en mène pas large. J'hésite à faire fi des ordres de Joseph. Pourquoi ne pas m'engager à mon rythme dans les taillis, sans courir, pour voir de l'autre côté les nappes hérissées qui se perdent à l'horizon de « pâtis roses et violets, pâtis de brume et pâtis de ciel, dans la confusion de limite de la terre et de l'air » ? comme disait l'autre. Je ne cite pas de mémoire, j'ai sorti *La Brière* de ma poche. Et puisque je n'ai rien d'autre à faire, autant le terminer, ce fichu roman.

J'ôte ces bottes trop petites et m'assois en chaussettes sur la pierre plate, fusil sur les genoux, bouquin par-dessus. Je me sens bien comme je ne l'ai jamais été depuis des mois. Le dolmen doit répandre des vertus apaisantes ou alors cela vient-il du calme de ce sous-bois ou encore de mes pieds enfin libérés ? Toujours est-il que, concentré et les idées claires, j'achève d'une traite *La Brière*. La fin ne manque pas d'action : une main perdue, une prothèse inattendue, un enlèvement, une captivité, un drame, une rédemption. Je reste assez vague pour ne pas ôter à mes lecteurs l'envie de lire le livre. En revanche, ce sur quoi je ne peux me taire est l'extraordinaire coïncidence concernant l'affaire des lettres patentes. Alors que je suis installé sur ce mégalithe apocryphe, le pot aux roses m'explose à la figure : les précieux documents attestant l'indépendance du marais se trouvaient dans le dolmen de Florence. La clocharde les gardait parmi un fatras de vieux papiers glanés de-ci de-là. Aoustin les avait eus sous les yeux à plusieurs reprises sans y prêter attention.

De la part de notre écrivain, la conclusion paraissait évidente : un dolmen comme symbole ancestral de nos racines mystiques et des documents imperméables à nos esprits, mais pourtant sous nos yeux. Avant la théorie lacanienne, Châteaubriant proposait son interprétation personnelle de *La Lettre volée* où il est important d'ouvrir sa conscience à une vision panoramique du monde pour en déchiffrer les signes.

Bien vu. Dommage qu'Alphonse n'ait pas su s'appliquer ses propres préconisations. Il s'est obstiné à croire au Führer en calquant la méthode Coué sur ses convictions politiques. J'imagine que si on se répète sans cesse devant sa glace : « Tous les jours, et à tous points de vue, le monde ira de mieux en mieux avec le national-socialisme », on finit par y croire. En 1940, son aveuglement en devient ridicule. Lorsque l'Allemagne envahit la France, il se persuade que, somme toute, ce rapprochement des peuples n'est pas si mal. Il permettra au moins de faire bloc contre les communistes. En octobre, suite à l'entrevue de Montoire, le maréchal Pétain annonce à la radio : « C'est librement que je me suis rendu à l'invitation du Führer. Je n'ai subi, de sa part, aucun "diktat", aucune pression. Une collaboration a été envisagée entre nos deux pays. J'en ai accepté le principe. » Paroles historiques qui introduisent pour la première fois le terme *collaboration* dans notre Histoire moderne. Châteaubriant y trouve tout de suite une connotation positive. Collaborer, c'est œuvrer ensemble pour la paix, éviter d'autres morts, d'autres guerres, fédérer une unité franco-allemande, renouer avec les valeurs spirituelles de l'Europe ancestrale. L'esprit boy-scout d'Alphonse refait surface. Enthousiaste, il crée le Groupe Collaboration, sorte de *think tank* regroupant des intellectuels français. Le but est de mettre leur réflexion au service de la meilleure coopération possible entre les deux pays. La structure vire rapidement en comité des fêtes du nazisme en France. On y organise des commémorations, des expositions, des conférences et des festivals où sont accueillis les artistes allemands les plus en vue… Châteaubriant ne s'arrête pas là. Motivé par cette chouette idée qu'est la collaboration, il propose de créer un journal, *La Gerbe*, un hebdomadaire qui sera publié de juillet 1940 à août 1944 et qui atteindra un tirage de cent quarante mille exemplaires. Des plumes prestigieuses y contribuent : Jean Giono, Sacha Guitry, Paul Morand, Marcel Aymé… Châteaubriant y rédige de nombreux éditos, la plupart hallucinés, prônant le retour d'une chrétienté moyenâgeuse et y multiplie les allusions aux mythes anciens que portent en commun les Français et les Allemands.

Gabrielle Castelot est toujours auprès de lui. C'est d'ailleurs désormais la seule femme dans sa vie. Marguerite, l'épouse légitime, ne fait plus partie du panorama. Sans doute est-elle restée à

Saint-Nazaire ou à Piriac-sur-Mer à poursuivre sa petite vie morose, trop étriquée pour contribuer au grand projet de construction européenne. Tant mieux pour elle : à la Libération, je n'ai lu nulle part qu'on l'a inquiétée ou jugée en tant que femme du premier intellectuel collabo de France. Seuls Alphonse et Gabrielle ont fui. Ensemble. En toute amitié.

À propos de fuite, c'est ce que j'hésite à faire à l'instant en entendant un craquement dans les taillis. Joseph m'a bien dit qu'il n'y avait quasiment aucune chance qu'un sanglier pointe le bout de sa truffe ici, mais comment peut-il en être si sûr ? Plus j'y pense, plus je trouve la situation bizarre. Pourquoi m'invite-t-on à une battue si c'est pour me laisser en plan ? Si je me souviens bien, la proposition venait du châtelain. Le Madoff de la saucisse a peut-être une idée derrière la tête. Il pourrait profiter de ce moment pour se débarrasser de moi, comme dans le roman le plus méconnu – et peut-être aussi le moins inspiré… – de Tchekhov, *Drame de chasse*, où un crime est maquillé en accident de chasse. À la fin, un perroquet dénonce le tueur au juge d'instruction. La morale semble vouloir dire que, sans animal de compagnie, les meurtres demeurent souvent impunis. Si je survis à ce guet-apens, je le jure, j'achète un hamster à Louise dès son retour de week-end.

Les bruissements s'amplifient au fond du tunnel de ronces. Dans un geste réflexe, je ferme mon fusil et ôte le cran de sécurité. Un chapitre des *Métamorphoses* d'Ovide décrit une charge de sanglier. De mémoire, c'est une tuerie. La bête plante ses défenses dans l'aine d'un guerrier qui meurt sur le coup, puis poursuit sa course, écumant de bave et de sang frais ; Jason, le célèbre Argonaute, vise mal et tue l'un de ses camarades...

Un tonitruant « Bonjour ! » éclate dans mon dos. J'en suis si épouvanté que je laisse tomber mon fusil qui heurte le sol et rebondit à côté de mes bottes posées sur un tapis de mousse. Je me retourne. Agnès Charante est au milieu du chemin, seule. Elle me demande ce que je fais, penché sur ces bosquets ; aurais-je perdu quelque chose ? Je ne réponds pas. Ça me fait bizarre de la voir dans cette forêt, en tenue de ville, maquillée, coiffée, prête à présenter son journal. J'ai l'impression qu'on l'a mise sur fond vert puis incrustée dans ce décor. Elle m'explique effectivement qu'elle s'apprêtait à rejoindre ses studios, mais au moment de quitter le village, elle m'a aperçu en pick-up dans la rue principale. Son perchiste et son caméraman venaient de partir, elle n'a pas eu le temps de les rappeler. Tant pis, elle m'a suivi avec son véhicule personnel, une Mini Cooper.

Une Mini Cooper… déglutis-je. Un bon compromis entre une voiture sportive et une citadine. Et le moteur est excellent : trois cylindres turbo de 1,5 litre d'une puissance de 134 chevaux et d'un couple de 162 pieds-livre : ce n'est pas rien… Agnès Charante ne relève pas et poursuit sur son idée : elle veut savoir si j'accepterais de la suivre à France 3 pour une interview en tant que porte-parole d'une Bretagne libre, conservatrice et catholique. Ces derniers temps, les voix de la contestation réactionnaire sont de plus en plus prégnantes dans notre société. Un homme tel que moi, défenseur de ce genre de principe, doit être entendu et compris dans toute sa complexité.

J'apprécie la fin de phrase : « compris dans toute sa complexité ». Marjorie me la refuse souvent, cette complexité. Elle prétend qu'on devine mes pensées comme dans un livre ouvert. Agnès Charante, elle, sent en moi une âme plus profonde, et cela avant même de me connaître. J'aimerais la suivre. Le problème, c'est ma promesse à Jean-Bastien : ne pas me faire remarquer des médias jusqu'à la sortie de ma notice. J'ose tout de même un pas vers elle. Je plante mon regard dans le sien et lui dis que, pour l'instant, je ne peux rien dévoiler, mais qu'en décembre prochain, si elle s'intéresse un peu à l'Académie française, elle en saura plus. En décembre, promis, elle comprendra le quiproquo.

Agnès Charante affiche une tête terrifiée. Elle chuchote : « Un sanglier. » Je me tiens si près d'elle que je sens le souffle de ces quatre syllabes caresser mon visage. Oui, c'est cela. Décidément, nous n'avons pas besoin de beaucoup de mots entre nous. Le quiproquo concerne un sanglier. D'une voix nouée, elle répète « un sanglier » en pointant le doigt par-dessus mon épaule. Je me retourne et vois la bête énorme, comme le monstre d'Ovide, le poil gris et lustré, la gueule blessée, un lambeau de chair rouge et noir ballant sous son groin. La laie est sortie des feuillages et a eu le temps de contourner le dolmen alors que nous parlions. Elle piétine à présent le fusil abandonné au sol près des bottes. Le doigt vestigial de sa patte avant droite s'est fiché dans le pontet de l'arme, au niveau de la détente. Les pattes arrière appuient sur la crosse et, par effet de levier, surélèvent le canon en notre direction. Elle nous met en joue. La posture est plutôt convaincante. Le dessinateur de *Sylvain et Sylvette* devrait en prendre de la graine.

Face à la laie, nous sommes pétrifiés. Je murmure avoir une idée pour nous sortir de là. Je tente une imitation des zinzinulardements de la mésange charbonnière – pi-pii-pi-pii-piii –, mais je n'arrive pas à mettre les accents circonflexes sur les i. Ça ne ressemble à rien. Agnès Charante se crispe. À quoi je joue, bon sang ? chuchote-t-elle entre ses dents serrées, je vais exciter l'animal. Du bruit se fait entendre dans les fourrés. Ça marche, conclus-je, triomphant, un de mes collègues vient certainement nous secourir.

Au lieu de renfort, un marcassin apparaît. Même taille que celui stocké dans le congélo de Joseph : son jumeau en moins mort. Il furète, le groin collé au sol. À la vue du petit, la laie panique, perd en assurance, le canon du fusil oscille subrepticement. Agnès Charante s'accroupit et ouvre une main en direction du marcassin. Il s'approche. Elle le caresse, le met en confiance, puis l'agrippe rondement, se redresse et le tient devant elle, bras tendus, en faisant barrage de son corps pour me protéger. Je me penche par-dessus son épaule et la remercie. Je lui garantis que je m'en souviendrai : c'est promis, la prochaine fois, ça sera mon tour d'utiliser un marcassin comme bouclier pour la mettre en sûreté. Elle ne me répond pas.

Concentrée, elle tente un pas en arrière. La laie se met à grogner. Sa patte tremble dangereusement sur la détente du fusil. Impossible de s'éloigner avec le petit dans les bras, peste Agnès Charante. Elle m'intime de prendre la clé de la Mini Cooper dans la poche de sa veste, de rebrousser chemin et de ramener la voiture jusqu'ici pour fuir ensemble.

L'expression *fuir ensemble* me galvanise. Je susurre à ma soudaine compagne de fugue qu'elle peut compter sur moi. Un mot d'elle et je la conduirai au bout du monde. Au studio d'enregistrement du 12/13 suffira, répond-elle. Je lui dois au moins ça. Ah ! Si elle n'avait pas eu cette sale bestiole entre les mains, elle serait allée la chercher toute seule, sa caisse, et nous serions déjà bien loin. Allez ! Je dois cesser de jacasser. Elle ne va pas tenir cet animal à bout de bras une éternité.

Je plonge les doigts dans la poche de sa veste – le contact du tissu m'électrise – puis je m'éloigne en chaussettes, prenant soin de rester invisible de la laie, le corps d'Agnès Charante en rempart. Cent mètres plus loin, après un virage, j'aperçois la Mini Cooper garée près du pick-up de Joseph. Je m'installe au volant, démarre et m'engage sur le chemin boueux.

Je n'ai pas fait vingt mètres qu'un coup de fusil retentit. Net, précis, assourdissant. Alors que j'entame le virage, le marcassin détale devant moi. Je manque de l'écraser, freine et dérape dans la boue. Agnès Charante est en danger. J'enfonce l'accélérateur, les pneus glissent, patinent, je m'embourbe. La laie furieuse apparaît au coude du chemin. Dégagée du fusil, sa patte est en sang (sans doute à cause du retour de la queue de détente lors du tir). Elle charge, tête baissée. Marche arrière. La voiture se libère d'un bond. À reculons, je rejoins la route, actionne la marche avant et fonce en évitant de peu que la laie ne défonce la carrosserie. Si cette bestiole n'avait pas été blessée, sûr, elle renversait la voiture et la retournait sur le toit.

Je file droit devant sans savoir où je vais, épouvanté par le sort d'Agnès Charante. Est-elle morte ? Blessée ? Je me sens coupable de ne pas avoir pu la secourir, mais incapable de faire demi-tour. Il est parfois difficile de comprendre mon esprit dans toute sa complexité.

Au volant de la Mini Cooper qui, en réalité, est la Mini-Mini III type Cooper Chili d'une puissance de 136 chevaux et non pas 134, comme j'ai pu l'annoncer à Agnès Charante tout à l'heure (voilà sans doute pourquoi elle a ignoré ma remarque), au volant de cette Mini-Mini rouge (ou, plus précisément, teinte 851 Chili Solar Red d'après la nomenclature officielle… Maintenant que j'y pense, cette teinte correspond exactement à la couleur de laque. Et dire que personne n'est avec moi pour partager cette découverte), au volant de cette bagnole, donc (bon sang, vais-je enfin réussir à terminer cette phrase ?), je fuis. Ouf.

Qui aurait réagi autrement à la vue d'un sanglier capable de tirer au fusil d'un seul doigt vestigial ? J'abandonne tout derrière moi, même Agnès Charante, certainement morte à présent. Mais qu'y puis-je ? J'ai tout tenté. Et est-ce vraiment ma faute ? C'est elle qui a entrepris de me suivre pomponnée comme pas possible. Quelle idée de se balader en forêt en talons hauts… Trop sophistiquée. Pas mon genre. Je m'en rends compte maintenant. Elle a failli m'avoir avec ses flatteries sur les esprits complexes, mais finalement nous n'avons rien à voir. Moi, j'ai besoin d'une femme qui garde les pieds sur terre, franche et honnête, une femme comme Marjorie.

Les larmes me montent aux yeux. Marjorie : la muse qui guide ma vie de façon si légère, aérienne. Et dire que j'ai manqué d'abandonner ma sylphide pour ce succube. Où avais-je la tête ? Et Louise : merveilleux petit ange qui mérite tant d'attention. Comme j'aimerais la retrouver, lui faire réciter ses mots, la prendre dans mes bras, lui offrir un hamster… C'est dans la perte qu'on réalise le manque. Je ne peux plus rentrer à la maison, je le sais. Personne ne voudra croire à la version du sanglier meurtrier. La mort d'Agnès Charante me sera mise sur le dos. Ma fuite dans la Mini Cooper n'arrangera pas mon cas. Tout ce qu'il me reste à faire, c'est m'éloigner pour éviter que l'opprobre n'éclabousse ceux que j'aime. Fuir, comme Châteaubriant à la Libération. Lui au moins avait une destination toute trouvée : l'Allemagne, Sigmaringen, puis le fin fond du Tyrol. Mais moi ? Où me retrancher ?

Je rejoins le périphérique nantais un peu avant onze heures. Dans la zone commerciale d'Atlantis, en bordure de route, j'aperçois une affiche publicitaire pour le festival Écrivains les pieds dans l'eau. C'est aujourd'hui. J'avais prévu de m'y rendre. Je l'avais presque oublié… Paul Ravissand fait partie des invités. Peut-être pourra-t-il m'aider ? Entre collègues, on se serre les coudes.

Je bifurque vers l'ouest, roule une heure dans un état semi-halluciné et rejoins La Baule, lieu que ma situation psychologique m'empêche de décrire. De toute façon, sur internet, n'importe quel moteur de recherche posera l'ambiance mieux que moi : à l'occurrence « station balnéaire », la première proposition d'images (une large baie bordée d'immeubles bétonnés) fera l'affaire. Je peux me permettre ce raccourci, je n'espère aucune rue ni aucun bâtiment baptisé à mon nom dans cette ville pour ma postérité. Et d'ailleurs, comment puis-je encore rêver de la moindre antonomase dans quelque endroit que ce soit après le meurtre d'Agnès Charante ?

De souvenir, les auteurs sont logés à l'hôtel Saint-Christophe, une villa d'inspiration anglo-normande avec de larges baies vitrées, des volets rouges et de discrets colombages envahis par le lierre, le tout posé dans un jardin à l'anglaise. Je me gare à l'entrée, allée des Albatros, et me présente à l'accueil. Accoudé au comptoir, un gorille en costume et nœud papillon suit le magazine culinaire de France 3 sur une télévision fixée au ras du plafond. Derrière la baie vitrée, tous les auteurs prennent l'apéro sur la terrasse ensoleillée. Je m'élance vers eux. Le type bondit de son poste et me barre le passage. Il étudie ma tenue de chasse d'un air suspicieux, s'arrête sur mes pieds en chaussettes boueuses puis me demande mon nom, consulte sa liste et m'annonce que je ne fais pas partie des invités. Effectivement, je n'en fais pas partie, mais je suis écrivain et je viens rendre visite à un ami, parce que, voyez-vous, j'habite à côté. Le mastodonte me répond que les auteurs régionaux peuvent se rendre directement sur le lieu du festival, au palais des congrès, où on leur donnera une entrée gratuite. Qu'est-ce que j'irais faire au palais des congrès alors que tous mes confrères parisiens sont là ? Il hausse les épaules.

Qu'à cela ne tienne, je rebrousse chemin, quitte l'allée des Albatros et emprunte l'avenue des Alcyons. L'alcyon, au passage, est un oiseau mythologique synonyme de bon présage. De son nom, on a tiré l'adjectif *alcyonien* qui signifie le calme plat. S'il faut trouver un avantage à être régional, c'est de connaître la géographie des environs, le nom des rues, leurs origines et d'en faire profiter les lecteurs. J'emprunte l'avenue des Alcyons, donc, qui longe le jardin de l'hôtel, séparé de la rue par un muret. Les voilà tous sur la terrasse : les écrivains. Par ce temps magnifique, les hommes portent une chemise blanche col ouvert et un pantalon de toile sombre ; les femmes, elles, ont opté pour une jupe assez classique, un top de couleur claire et une petite veste noire cintrée, sans doute pour rendre hommage à Donna Tartt, la romancière qui considère que « les beaux habits ne sont pas en contradiction avec l'exercice de la profession d'écrivain, contrairement au cas des danseurs ou des peintres ». J'aurais mieux fait de me souvenir de cette citation avant de me présenter ici. Avec ma tenue de camouflage, je suis loin de ressembler à un auteur – à un auteur de polars à la limite, mais pas à un auteur sérieux.

Je remarque cependant une incongruité vestimentaire en contraste avec le standing de la réception : tous les écrivains sont pieds nus. Si cela suffit à s'intégrer au groupe, allons-y, j'ôte mes chaussettes terreuses. J'aperçois au loin une silhouette familière. Je la hèle. L'ombre longiligne pivote. Paul Ravissand : cheveux mi-longs, barbe taillée court, regard perçant, visage délicat. Il lève sa coupe dans ma direction, comme pour trinquer, puis retourne vers son groupe. L'imbécile croit que je passe dans la rue, comme ça, par hasard, et que je le salue. Pour lui, tout est normal : je suis un local, donc j'habite ici. Ah, ces Parisiens… J'insiste. Je l'appelle par son prénom, bien fort, ça fait plus intime. Paul ! Un brin gêné, il traverse la pelouse et me rejoint près du muret. Ses amis le suivent. D'où je me trouve, ils me surplombent. Je lève la tête, une main en visière pour me protéger du soleil.

Salut ! me lance Ravissand. C'est amusant de te voir. Figure-toi qu'en arrivant à la gare, ce matin, j'ai pensé à toi. Je me suis dit que tu n'habitais pas loin et que j'allais peut-être te croiser cette année. Je lui réponds que moi aussi je trouve la situation parfaitement amusante parce que j'avais complètement oublié le festival. C'est en passant par hasard avenue des Alcyons et en songeant à la signification du mot que j'ai aperçu ce brave Paul avec une coupe de champagne en main. Je me suis demandé si lui, Paul, habituellement si érudit, connaissait la signification du mot *alcyons*. Alors, je me suis permis de le héler pour lui poser la question : Alcyon, ça veut dire quoi, hein, d'après toi ?

Je plisse les yeux et tente d'apercevoir sa tête. Long silence. Je me rappelle soudain être venu ici pour lui demander de l'aide, ce n'est peut-être pas le meilleur moment pour une joute oratoire. Par chance, une voix s'élève au côté de Ravissand. Posée, distincte, d'un timbre clair, elle récite : « Les évolutions de mon intelligence me semblaient aussi infatigables que les cieux, et cependant toutes les inquiétudes étaient aplanies par un calme alcyonien », Baudelaire, dans *Les Paradis artificiels*. Alcyon, poursuit la voix, est un oiseau mythologique qui annonce le calme, d'où l'adjectif *alcyonien*.

Applaudissements. Pourquoi ne pas vous joindre à nous ? me dit-on. Ravissand me tend sa main et me hisse par-dessus le muret. À voir mes pieds nus, tous me demandent si je me suis laissé surprendre comme eux par la marée. On m'explique qu'à dix heures, les invités participaient à une séance photo sur la plage lorsqu'une vague les a submergés. Si j'ai moi aussi des chaussures à sécher, je ne dois pas hésiter à les confier à la réception. J'élude la proposition en affirmant que, cette année, le festival Écrivains les pieds dans l'eau n'aura jamais aussi bien porté son nom. Rires. Il était temps que j'arrive, m'annonce une femme, sosie parfait d'Adélaïde de Clermont-Tonnerre, jusqu'à maintenant, l'ambiance était *alcyonienne*. Je serre des mains et me retrouve face à l'homme qui a cité Baudelaire. Chauve, sec et distingué, il possède de petits yeux de cocker, légèrement tombants. En remontant vers la terrasse, je demande à Ravissand si ce type est de la famille de Pierre Michon ou si c'est un sosie, comme pour cette femme qui ressemble à Adélaïde de Clermont-Tonnerre. Il m'apprend qu'il s'agit à la fois du vrai Pierre Michon et de la vraie Adélaïde de Clermont-Tonnerre. Ça explique la ressemblance… mais… c'est bizarre, ni l'un ni l'autre n'étaient inscrits dans la programmation… Effectivement, poursuit Ravissand, Michon l'accompagne. Depuis que l'Académie lui a commandé cette notice, les deux sont inséparables. Le maître loge chez lui en ce moment. Et c'est pareil pour Adélaïde, elle est venue avec Olivier Barrot, ils sont ensemble.

Barrot ? Le type qui présentait *Un livre, un jour* ? Étonnant couple… Ravissand précise qu'il entend par « ensemble » le fait que l'Académie ait donné la notice de Clermont-Tonnerre à Barrot, rien de plus. La création des binômes s'est souvent faite par affinités de style, comme Michon et lui, par exemple ; mais parfois il s'agit de simples rapprochements géographiques, comme Barrot et Clermont-Tonnerre qui sont tous les deux du même coin, du même milieu. C'est un peu ce qui t'est arrivé avec cet écrivain régionaliste… poursuit Ravissand. Comment s'appelle-t-il, déjà ? Châteaugontier ? Enfin, peu importe… Vous avez tous les deux vécu à Saint-Nazaire, c'est le lien retenu par l'Académie… Jean-Bastien t'a-t-il dit qu'on avait d'abord proposé la notice à Patrick Deville qui vit lui aussi à Saint-Nazaire ? Il a refusé d'être associé à un écrivain collabo. Oh… vu ta tête, j'imagine que tu ne savais pas que tu étais un second choix. Désolé. Si ça peut te rassurer, Barrot était lui aussi outsider, au départ on avait proposé Clermont-To' à Beigbeder, il n'a pas donné suite… Prends une coupe et oublie tes soucis. Tu n'es pas naïf. Tu as bien compris que parmi les notices, il y avait quelques patates chaudes. Ton bonhomme, Châteaulatour, en faisait partie. C'est courageux de l'avoir pris. Et pour te consoler, sache que ton arrivée a sacrément égayé cet apéritif un poil guindé. Tu as vu comment tout le monde est ravi de ton saut par-dessus le muret ? Et cette tenue de chasseur ! Mon Dieu, cette tenue ! Elle a créé son petit effet… Il va falloir que tu m'expliques.

Entre une tirade façon *name dropping* et quelques médisances inévitables en festival, Ravissand n'est pas un mauvais bougre, finalement. Il se réjouit de ma présence et compte sur moi pour l'animation. Je ne veux pas le décevoir : j'attrape une flûte de champagne et m'applique à être plaisamment punk. Puisque nous parlions de l'alcyon, j'entraîne la conversation sur les *Métamorphoses* d'Ovide où il est question de la transformation d'Alcyone et Céyx en martins-pêcheurs. Le sujet me permet de bifurquer sur un thème que je maîtrise : le sanglier de Calydon. Michon connaît très bien l'histoire. À nous deux, nous impressionnons l'assistance en citant le nom des Argonautes qui périrent lors de cette chasse. Le monstre surpasse l'homme en force, dit Michon. Et en intelligence ? viens-je à lui demander. Intéressant jeu rhétorique, s'enthousiasme-t-il. Le voilà qui s'engage dans l'étude psychologique du combat de la laie de Crommyon contre le rusé Thésée. Il est amusant de constater à quel point on considère ici les hypothèses les plus farfelues comme jeux de l'esprit, alors que dans ma campagne, elles sont évaluées comme des vérités sournoises. Examiner chaque concept extravagant comme une construction intellectuelle stimulante, c'est ignorer ceux qui ne veulent plus jouer, mais croire. Le complotisme est la rhétorique du pauvre.

Autre décalage que je constate avec ma vie rurale : je tiens ma flûte de champagne comme on tient sa bouteille de bière, inclinée, goulot devant, pour désigner les choses et les gens. Chaque fois que je m'adresse à quelqu'un, je l'éclabousse. Je suis si maladroit que j'ai l'impression de jouer le rôle de Peter Sellers dans

The Party. Je le dis à voix haute : J'ai l'impression d'être Peter Sellers dans *The Party*. Hilarité générale.

Dans les milieux intellectuels, quand on devient ridicule, faire référence sauve.

Ravissand tente de s'attribuer tout le mérite de ma présence. Il se tourne vers l'assistance, l'air d'affirmer : « Je vous l'avais dit qu'il était amusant, ce gars-là. » Le gorille de l'accueil m'a repéré, il se tient à l'entrée du jardin, contre la baie vitrée, furieux de constater que l'écrivain *régional* devient l'attraction de sa fête *parisienne*. Au-dessus du comptoir, la télé est toujours allumée. C'est l'heure du 12/13 de France 3. Agnès Charante est absente, évidemment, c'est son joker du week-end, Emmanuel Faure, qui apparaît. D'où je me trouve, le son ne me parvient pas, mais l'air grave du présentateur laisse présager de mauvaises nouvelles. Lancement d'un reportage. Une Mini Cooper s'affiche à l'écran, celle d'Agnès Charante. J'hésite à prendre à partie mon auditoire pour leur faire remarquer que la teinte exacte de cette voiture est couleur de laque, c'est l'occasion ou jamais. Je me ravise. Si on affiche ce véhicule aux infos, c'est qu'on le recherche.

Je me penche vers Ravissand. Peut-il me loger le temps du week-end ? Il aimerait me dépanner, le problème, c'est qu'il partage déjà sa chambre d'hôtel avec Michon. Je soupire. Et l'autre, Barrot, il ne partage pas sa chambre avec Adélaïde de Clermont-Tonnerre, quand même ? Ravissand m'explique que ce genre d'individu ne partage sa chambre avec personne.

Mon regard ne peut se détacher de la télé lointaine. Je suis, paraît-il, affreusement pâle. Palpant mon malaise, le type de l'accueil se tourne vers l'écran. Je pose ma coupe de champagne, annonce qu'il se fait tard. Ce fut une excellente soirée. Adieu. Ravissand me retient un instant par la manche. Jean-Bastien lui a dit que je bossais sur un roman en ce moment. Il serait curieux de voir ce que ça donne. Oui, oui, mais je n'ai plus le temps. Envoie-moi ton texte, me lance-t-il alors que je dévale la pelouse, on ne sait jamais, je pourrais en publier les bonnes feuilles dans ma revue littéraire… Je me retiens de courir. Au loin, on me salue joyeusement. Je saute par-dessus le muret, plus personne ne fait attention à moi. Il n'y a que Pierre Michon qui me regarde encore avec ses petits yeux désolés, des yeux pleins de regrets, les yeux de quelqu'un qui aurait bien aimé m'être attribué plutôt qu'à Ravissand.

Lorsqu'on n'a plus nulle part où aller, la fuite se mue en cavale. Châteaubriant aussi a cherché un soutien auprès d'amis intellectuels, mais en 1945, la rhétorique n'a plus de poids face aux faits. Terrible jeu de dominos où les refuges s'effondrent les uns après les autres. Alphonse resta peu de temps avec le gouvernement de Vichy à Sigmaringen. Il préféra s'enfuir vers les montagnes autrichiennes lors d'un périple romanesque. Si Céline en avait eu vent, il aurait été plus inspiré d'y consacrer un chapitre de son *D'un château l'autre* plutôt que cette saynète ridicule d'un type qui mime *La Chevauchée des Walkyries* au piolet.

En avril, après de multiples trajets toujours plus à l'est à bord d'une Citroën traction 11 CV (moteur quatre cylindres, boîte de vitesses à trois rapports et suspensions à barres de torsion), Alphonse et Gabrielle se terrent au Grand Hôtel à Kitzbühel, une station de sports d'hiver bien connue des Autrichiens. Le couple sympathise avec un certain Hugo, employé de l'établissement. Lorsque les Américains pénètrent dans la région, Hugo aide ses nouveaux amis à se cacher dans une ferme en retrait du village. Une fois exfiltrés, Alphonse et Gabrielle, assis sur un banc près de l'étable, s'interrogent fiévreusement : C'est bien gentil d'avoir été évacués ici, mais le lieu est-il si sûr ? Nous ne sommes qu'à cinq kilomètres de Kitzbühel et l'armée va sûrement ratisser les environs... À les entendre parler, la femme d'Hugo qui est employée à la ferme s'arrête devant eux. Elle ne comprend pas toute la conversation, mais reconnaît ce baragouin : « Vous parlez français, non ? » Oui, répondent-ils. Comment diable une paysanne qui n'a jamais quitté son Tyrol natal peut-elle identifier cette langue ? La fille explique avoir travaillé autrefois au village comme femme de chambre pour un monsieur qui recevait régulièrement un vieil ami français. Elle les entendait souvent bavarder. Cet invité s'appelait, ah... Comment était-ce déjà ? M. Romain quelque chose... Rolland. Voilà, c'est ça : Romain Rolland.

Romain Rolland : l'ami intime de Châteaubriant, l'aîné bienveillant qui, à une autre époque, l'a aidé à entrer en littérature, celui avec qui il a correspondu toute sa vie, jusqu'à sa mort survenue quelques mois plus tôt... Je ne sais pas comment Alphonse reçoit la nouvelle, mais moi, à sa place, je serais tombé de mon banc. Il supplie la fermière de l'emmener chez son ancien employeur. Retourner à Kitzbühel ? intervient Hugo. Trop dangereux. L'endroit grouille désormais d'Américains. Le surlendemain, une visite est cependant organisée. Alphonse, Gabrielle et la jeune fille regagnent le village par des chemins de traverse. À l'adresse indiquée, une femme les reçoit. Son mari est mort il y a longtemps déjà, mais oui : il connaissait Romain Rolland. Et puisque les amis des amis de son mari sont ses amis, elle annonce : « Au nom de Romain Rolland, soyez les bienvenus dans cette maison ! »

Songeant à cet épisode inespéré, je bifurque vers Piriac-sur-Mer. J'avais noté il y a quelque temps l'ancienne adresse du manoir de Châteaubriant, route de Port-Kennet. On ne sait jamais : si je m'y présente et que je tombe sur un descendant, peut-être me dira-t-il : « Au nom de Châteaubriant, soyez le bienvenu dans cette maison ! » Grâce au GPS de la Mini, je localise l'endroit sans problème : 20,9 km 28 min via D333.

La femme qui recueille Alphonse et Gabrielle est la veuve d'Alfons Petzold, écrivain décédé en 1923 qu'on surnommait le « poète ouvrier ». L'information n'est pas pour déplaire à Châteaubriant qui, depuis tant d'années, se bat pour qu'on n'oppose pas systématiquement les prolétaires aux intellectuels. Dans ses romans, Petzold décrivait la dure condition des travailleurs et s'inquiétait du sacrifice du corps et de l'esprit sur l'autel du productivisme, du commerce et de la consommation. Par la suite, ses prises de position farouchement nationalistes l'ont fait tomber dans l'oubli. Romain Rolland disait de lui : « Ce ne sont pas les plus mauvais qui font le pire ; ce sont souvent les hommes doux, crédules, ultrasensibles, qui se laissent entraîner par les plus cruels délires. » Cette description correspond tout aussi bien, et de manière troublante, à un autre Alphonse…

Il n'en faut pas plus pour que le courant passe entre la famille autrichienne et les fuyards français. À partir de cet instant, Châteaubriant est sauvé. Enfin, quand je dis « sauvé », je parle juste de sa peau. Pour le reste : sa réputation, son œuvre littéraire et sa postérité, c'en est fini. La famille Petzold lui annonce qu'il doit changer de nom. On déniche au village une vieille veuve du nom de Wolf. Céderait-elle les papiers de son défunt mari ? Sans problème. Alphonse s'appelle désormais Alfred Wolf. Il est autrichien. Le hic, c'est qu'il parle allemand avec un accent français à couper au couteau. Il faut encore peaufiner *sa légende*, comme on dit dans les feuilletons d'espionnage. On lui invente des années au Congo comme médecin missionnaire. Le pauvre homme y aurait consacré une si grande partie de sa vie qu'il en aurait oublié sa langue natale. Un dernier point : afin de ressembler au type sur la carte d'identité, Châteaubriant se coupe la barbe à ras – quelle connerie la guerre.

Le voilà prêt à entamer une nouvelle vie qui durera six années. Jusqu'à sa mort.

Vingt-huit minutes plus tard, je suis garé devant la demeure familiale des descendants de Châteaubriant. D'où je me trouve, la propriété ceinte de pins sylvestres est invisible. Pieds nus sur le gravier, je rejoins douloureusement un portail de fer forgé qui me barre l'entrée. Aucune sonnette. Personne à l'horizon. Sur mon portable, je cherche un numéro à joindre. Je songe à la façon de me présenter : *J'écris une notice sur votre ancêtre...* Rassurer tout de suite : *Oui, bien sûr, je parle de sa collaboration, mais pas seulement. J'insiste aussi sur son côté idéaliste, sa crainte de voir l'humanité s'éloigner d'une vie spirituelle et intellectuelle au profit d'un monde désincarné par le commerce...* En tapant l'adresse sur internet, je déniche un site publicitaire : « Bienvenue au domaine Châteaubriant : Trois chambres d'hôte situées à la sortie du port de Piriac-sur-Mer, à deux cents mètres de l'océan Atlantique, dans un parc de cinq hectares. Vous partagerez le charme du XVIIIe siècle dans une maison de caractère où le calme et le raffinement sont au rendez-vous. La décoration des chambres *Monsieur des Lourdines*, *Le Baron du*

Puydreau et *Les pas ont chanté* au nom évocateur d'œuvres d'Alphonse de Châteaubriant, est classique et soignée. Prix de 98 € à 108 € la nuit pour deux personnes, petit-déjeuner compris, servi dans le salon de musique. Wi-Fi à disposition. Parking privé gratuit. »

J'examine mes poches qui ne sont d'ailleurs pas les miennes, mais celles du fils du châtelain. Dans celle à gibier – le carnier –, je retrouve un billet de dix euros. C'est déjà ça de récupéré sur les saucisses, mais pas assez pour me cacher ici... Je grimpe dans la Mini Cooper et reprends la route au hasard. Je remonte la côte plein nord et bifurque dans les terres, vers Saint-Molf. Un panneau m'annonce la Brière. La Mini Cooper soubresaute. J'appuie sur l'accélérateur, pied au plancher. Elle crachote, broute et cale en bordure de route. Impossible de redémarrer. J'examine les voyants : jauge d'essence à zéro. À aucun moment je n'ai pensé à vérifier. C'est malin. Surtout de la part d'un auteur qui se targue d'être un portraitiste minutieux d'automobiles. Pour ma défense, je ne décris jamais les tableaux de bord dans mes romans. Et puis c'est aussi un peu la faute de cette biographie de Châteaubriant qui, décidément, est sacrément mal écrite : durant ces longs mois de fuite au volant d'une 11 CV, il n'est jamais mentionné des arrêts pour plein d'essence.

J'abandonne la Mini et marche des heures, pieds nus, sous le soleil printanier. Depuis que je travaille sur ma notice, je n'ai jamais pensé à venir étudier le paysage des marais. Cela fait des mois que je tourne autour de mon sujet sans m'y confronter. La Brière d'aujourd'hui ne ressemble en rien à celle que Châteaubriant décrivait en son temps. Pendant deux siècles, les Briérons ont creusé des canaux et curé les voies d'eau pour assécher le lieu qui s'est mué en campagne verdoyante quadrillée d'un réseau d'asphalte. Les zones encore humides ont été annexées par des roselières, friche végétale composée de joncs, d'iris, de roseaux et de… landèches. Une espèce particulièrement invasive compose désormais la quasi-totalité de la flore locale.

Les lieux-dits regorgent de constructions récentes, érigées rapidement, type primo-accédants ; quelques autres habitations au budget plus important s'essayent maladroitement à l'imitation de chaumières d'antan dans un style néo-briéron. Parfois le paysage se ponctue d'une longère centenaire, souvent chambre d'hôte. En fin d'après-midi, je rejoins un village du nom de Kerhinet, musée à ciel ouvert pour touristes en mal des temps marécageux. Un plan à l'entrée indique les directions de la *Chaumière des saveurs et de l'artisanat*, du *Gîte des écoliers*, de l'*Auberge de Kerhinet*, de la *Maison du parc*, du *Lavoir* et du *Centre d'éducation au territoire*. L'endroit a des allures de réserve d'Indiens : les toits de chaume remplacent les tipis et les maisons de la vannerie, les chapiteaux pour *pow-wow*. Du folklore sous cloche, de la tradition sous perfusion. Le tout ceinturé à quelques kilomètres par des quatre-voies bordées de zones commerciales.

Va pour l'auberge ! Avec mes dix euros en poche je pourrais me poser avec un café, me réchauffer les pieds près d'une cheminée et tenter d'y voir plus clair. L'édifice est typique de l'architecture briéronne avec son toit de chaume de roseaux qui s'élève en vague ondulante au niveau du grenier, sa façade avec roses trémières et ses étroites fenêtres aux volets bleus. Je pousse la porte d'une salle au plafond strié de poutres vernies. Les murs aux pierres apparentes sont ornés d'outils ancestraux et une cheminée en forme de hotte trône au fond de la pièce. Derrière son comptoir, le patron, homme massif d'une soixantaine d'années, détaille ma tenue. Il tique sur mes pieds nus, et me demande d'un ton hésitant si je suis chasseur. Je lui réponds que non, sans donner plus de détails. Je me hisse sur un tabouret au bar, commande un café et… j'ai faim aussi… n'aurait-il pas deux ou trois petits trucs à grignoter ? Il peut me faire un café gourmand. Un café gourmand ? Ici ? Combien ? Neuf euros cinquante. Ben voyons… La tête entre les mains, je me questionne : *C'est vraiment ça, la Brière ?* Le patron me demande ce que je viens faire dans le coin. De mémoire, je lui cite Châteaubriant : « Je cherche en ces terres les racines ancestrales et spirituelles de l'harmonie entre homme et nature… » Eh bé, c'est sûr que vous ne trouverez pas ça dans mon café gourmand, confirme-t-il. Par contre, à un kilomètre d'ici, direction Kerbourg, vous avez deux dolmens parfaitement conservés qui datent du néolithique. Dans le genre racines spirituelles, ça pourrait vous convenir…

J'ouvre grand les yeux. Des dolmens ? Je me dirige vers la sortie. Direction Kervily ? C'est bien ça ? Non, Kerbourg. Par là ? Oui, puis tout de suite à droite et après, vous marchez en direction du moulin de la Masse, c'est à côté, vous ne pouvez pas vous tromper. Me revoilà dehors, le soleil rase les champs alentour. Aucun pâtis rose et violet à l'horizon, encore moins pâtis de brume ou pâtis de ciel dans la confusion de limite de la terre et de l'air. Juste des roselières et des vaches. Je trouve le moulin, comme prévu, puis à l'entrée d'un chemin, une pancarte annonce sobrement : *2 dolmens* avec, en dessous, un sens interdit agrémenté d'un *sauf riverains*. Je m'y engage. Dans les fossés, les landèches sont hautes. Une brise se lève, légère, vespérale, un peu fraîche. Me voilà devant les dolmens. Agnès Charante serait encore de ce monde, elle identifierait une construction de type à couloir dite « en P » composée d'un corridor, d'une chambre trapézoïdale, d'orthostates et de trois larges tables de couverture. Mais comme elle est morte, disons seulement que l'édifice ressemble à un énorme champignon en granit. Dix-neuf heures. En mars, la nuit tombe tôt en Brière. Le paysage glisse doucement dans des nuances plus sombres et les pierres se colorent uniformément d'un gris ardoise. Je m'accroupis, m'engage dans le couloir, rejoins la chambre centrale et m'allonge à même le sol. Je m'endors.

Le matin suivant, ou l'après-midi – je n'ai plus aucune notion du temps –, une main épaisse aux phalanges poilues s'engouffre à l'intérieur de mon refuge et me caresse l'épaule. Dans le couloir, j'entends le murmure d'une voix de basse, chaude et rassurante : Monsieur… Monsieur… Vous allez bien ? J'aimerais qu'on me réveille toujours de la sorte. Il faudrait que je demande à cette main, à cette voix, de venir chaque matin me sortir de mon lit. J'ouvre un œil, bâille et affirme que oui, je vais bien, que je suis en pleine forme, que je n'ai jamais aussi bien dormi de ma vie. Rien de cassé ? Non, non, absolument rien, au contraire : mes muscles sont parfaitement détendus, je me sens dans un état de plénitude, apaisé de corps et d'es… On me tire par les pieds. Assez vigoureusement. Les précautions de départ n'étaient qu'une procédure de sauvetage. J'aurais dû nuancer mon propos, dire que je me sentais incapable de bouger avant d'avoir pris un café et un croissant.

Hors du dolmen, je découvre un homme en uniforme sombre barré sur la poitrine d'un liseré rouge réfléchissant : un pompier. Il est accompagné de deux collègues, plus rustres, qui me tiennent chacun un pied. Ils me relèvent et m'escortent à l'entrée du champ où deux gendarmes prennent le relais. J'embarque sur la banquette arrière d'une voiture bleu bourrasque dont je n'ai rien à dire sinon que sa jauge d'essence est aux trois quarts pleine (à partir d'aujourd'hui, je me promets de ne décrire que ce seul élément automobile dans mes romans, le gain de temps sera énorme).

Durant le trajet, le gendarme au volant m'explique qu'un type du côté de Penmont a reconnu la Mini Cooper d'Agnès Charante abandonnée en bordure de route. Il a prévenu la gendarmerie, qui a aussitôt triangulé mon portable, ce qui a permis d'identifier une zone de recherches entre Saint-Lyphard, Kerbourg et Sandun. Le secteur a été quadrillé toute la matinée sans succès jusqu'à ce que l'on questionne le patron de l'auberge de Kerhinet. Il a évoqué un touriste en tenue de chasse et pieds nus qui cherchait des dolmens. Voilà.

Nous arrivons à Herbignac où l'on m'escorte dans les locaux de la gendarmerie. On m'impose un contrôle d'alcoolémie et une prise de sang, puis on m'interroge plusieurs heures. Les questions portent essentiellement sur la Mini Cooper. Dans quel but l'avoir volée ? Pourquoi l'avoir amenée jusqu'ici, puis abandonnée ? Curieusement, aucune question sur Agnès Charante. Son meurtre semble moins important que la disparition de sa voiture. Je ne m'en offusque pas. Tout m'est égal. Je réponds évasivement, sans stress ni pression. Le bénéfice de la nuit sous le dolmen est payant. Après plusieurs heures d'audition, on me fait signer un PV dans lequel je découvre que mes contrôles alcoolémie et stupéfiants sont nuls. Pour conclure, on m'avertit que ma femme est ici. Marjorie ? Je peine à y croire. Sur le seuil de la porte, je l'aperçois, elle m'attend. Je me précipite dans ses bras, m'excuse, l'embrasse, lui promets que je serai sage en prison, un détenu exemplaire, cela me vaudra sûrement une remise de peine d'ici quelques années, il faudra qu'elle et Louise soient patientes. Il n'est pas question de prison, m'annonce-t-elle. Elle est simplement venue me chercher : nous rentrons à la maison. Ah ?

Dans la voiture de Marjorie la jauge d'essence fonctionne avec une aiguille – contrairement à celle de la Mini Cooper d'Agnès Charante dont l'affichage électronique indiquait des briques en surbrillance, je ne crois pas l'avoir précisé auparavant. Je préfère le système mécanique qui permet une évaluation plus précise des quantités restantes. À la sortie d'Herbignac, l'aiguille se trouve juste en dessous du demi, précisément entre deux graduations, ce qui correspond à un seizième du plein. Je calcule mentalement que *juste avant le demi* signifie sept seizièmes du total. Pour un réservoir de soixante litres, cela fait vingt-six litres environ, largement suffisants pour rentrer à Saint-Mars-du-Désert – où l'aiguille ne devrait baisser que d'un huitième.

Tout compte fait, je doute que mon nouveau mode de description des voitures me fasse gagner du temps… Pour éviter de passer le voyage les yeux rivés sur ce compteur, je demande à Marjorie comment était son week-end.

Elle me répond que tout allait bien jusqu'à samedi midi. C'est la gendarmerie de Nort-sur-Erdre qui l'a appelée : une dénommée Agnès Charante souhaitait porter plainte pour le vol de son véhicule. Agnès Charante ? Vivante ? En est-elle sûre ? Certaine. Et si je ne lui coupe pas la parole, elle pourra éventuellement m'expliquer toute l'histoire. Je me tais. La gendarmerie, donc, a donné rendez-vous à Marjorie chez Joseph pour quelques éclaircissements. « Ça serait bien que vous veniez avec votre mari, lui a-t-on déclaré, parce qu'on aimerait lui poser deux ou trois questions. » Elle a laissé Louise chez sa mère et est aussitôt revenue à la maison. Seule, bien entendu, parce qu'impossible de me joindre.

Joseph, le châtelain, son fils et trois gendarmes l'attendaient devant le pick-up garé en face de chez nous. Agnès Charante était assise à l'arrière, un pied enroulé dans un torchon rempli de glaçons. Joseph a précisé s'être lui-même occupé du bandage réfrigéré et qu'il ne fallait pas s'inquiéter niveau glace : il avait de quoi en produire pour tout un régiment. Un des gendarmes lui a demandé sa capacité de stockage en congélation. Sept cents litres. Le gendarme a noté le nombre dans un carnet. Tout le monde était très impressionné, sauf Agnès Charante qui a ramené la conversation à son accident. Elle a raconté notre rencontre en forêt, l'apparition du sanglier, la patte coincée dans le fusil, notre tentative de fuite en prenant un marcassin en otage… Joseph a complété le récit : en entendant une *mauvaise* imitation de la mésange, les trois chasseurs avaient fait demi-tour. Ils s'étaient réengagés dans le chemin de ronces et avaient découvert la demoiselle ci-présente mise en joue par un énorme sanglier. Pour éviter tout accident, Joseph avait visé de son fusil la patte de l'animal et lui avait dégommé le doigt vestigial. Ivre de douleur, la bête avait fui droit devant et renversé Agnès Charante qui, en perdant l'équilibre, avait lâché le marcassin et s'était tordu la cheville dans sa chute (Agnès Charante, pas le marcassin). Tout aurait pu parfaitement se terminer, si je n'avais pas disparu au volant de la Mini Cooper.

Le châtelain a pris la parole à son tour. Il en a fait des tonnes pour me défendre en donnant des coups de coude à son fils pour qu'il acquiesce. Marjorie n'imaginait pas que les Madoff m'appréciaient autant. Père et fils ont prétendu que devant une charge de sanglier si puissante, il était nécessaire d'écarter les voitures. J'avais eu le bon réflexe de m'éloigner pour éviter des dégâts.

Oui, mais jusqu'où ? a questionné un des gendarmes. Un autre s'est tourné vers Marjorie pour lui demander si, par hasard, je n'étais pas rentré à notre domicile. Elle n'en avait aucune idée, mais cela pouvait se vérifier aisément : nous habitons en face. Tiens donc… Dans ce cas, était-il possible d'inspecter les lieux ? Voulant jouer la transparence, Marjorie a proposé à ceux qui le souhaitaient de la suivre. Tout le monde s'est déplacé, même Agnès Charante, épaulée par le châtelain et son fils. Dans l'ordre, le groupe a visité la cuisine, le salon, puis s'est dirigé vers mon bureau. Les photos de Hitler punaisées sur les murs ont produit leur petit effet. Ils les ont comptées : quatre-vingt-sept. Quatre-vingt-sept ! Tu te rends compte ? Mais qu'est-ce qui t'est passé par la tête ? À partir de cet instant, tout s'est gâté. Les gendarmes ont demandé mon numéro pour me joindre. Sur mon répondeur, une suite de mots a ajouté à l'inquiétude : *ecchymose*, *ecclésiastique*, *occident*, *occire*, *occasion*, *succinct*, *acompte*… Il fait quoi, exactement, votre mari, dans la vie ? Agnès Charante n'a pas laissé Marjorie répondre, elle a sorti son portable pour leur montrer la vidéo de la manif, puis a lâché qu'elle enquêtait sur moi depuis presque un mois dans le cadre d'un reportage sur les milieux d'extrême droite identitaire.

Il n'en fallait pas plus pour qu'une alerte terrorisme soit lancée. La description de la Mini Cooper a été diffusée à la télévision. Dans le tumulte, Marjorie s'est démenée pour tenter d'enrayer la méprise. Elle a contacté la maîtresse de Louise qui a confirmé aux gendarmes que la liste de mots n'était qu'un exercice sur le doublement des consonnes. Elle a ensuite justifié ma présence à la manifestation comme immersion dans mon sujet d'écriture. Pareil pour les photos de Hitler : je cherchais à comprendre l'esprit de la collaboration : je travaille en ce moment sur ce sujet pour l'Académie française… Marjorie s'arrête un instant dans son récit et me lance un coup d'œil en coin. Tu ne réagis pas ? s'étonne-t-elle. Pourquoi devrais-je ? Ne m'a-t-elle pas demandé tout à l'heure de ne pas l'interrompre ? J'écoute sagement. C'est que… hésite-t-elle, d'habitude… chaque fois que l'expression *Académie française* est prononcée, tu deviens hystérique et prends des airs importants. Oh, tu sais, lui dis-je, ce contrat, tout compte fait, c'est juste un travail promotionnel pour vendre des bouquins à Noël. Inutile d'en faire tout un plat. Marjorie reste songeuse, puis reprend.

Donc, elle a précisé que je travaillais pour l'Académie française et a contacté Jean-Bastien qui a confirmé l'info. Elle s'est montrée si convaincante qu'en fin d'après-midi, on ne recherchait plus un dangereux terroriste, mais un écrivain en plein *burn-out*, un pauvre type à fleur de peau chez qui la charge d'un sanglier avait déclenché une crise de panique et une fuite on ne sait où. Agnès Charante a accepté de ne pas porter plainte à condition qu'on lui ramène sa voiture devant chez elle avant la fin du week-end. Quand la Mini Cooper a été localisée en panne d'essence, Marjorie a pris les devants : elle a appelé un garagiste. Le véhicule est en ce moment même pris en charge pour un remorquage, un plein et un retour au propriétaire à Bouguenais. Coût de l'opération : 456,25 euros TTC.

Confus, je conviens que mon métier d'écrivain nous coûte plus cher qu'il ne nous rapporte. Au départ, je pensais avoir gagné deux mille euros, aussitôt évaporés en saucisses fantômes. Et voilà maintenant ce dépannage…

Marjorie laisse le silence en suspens. Elle attend une conclusion. Voyant que je n'ajoute rien, elle me demande si je compte abandonner l'écriture. Bien sûr que non. Il n'y a jamais eu aucun lien entre l'argent et le fait d'écrire. S'il y en avait un, ça ne s'appellerait plus de l'écriture mais une transaction commerciale. Une transaction commerciale permet de poser un cadre juridique sur l'activité, mais n'a aucun rapport direct avec le fait d'écrire.

Tu m'as l'air d'avoir les pensées plus claires, conclut Marjorie en me jetant encore un coup d'œil. Et puis… tu sembles reposé et serein. C'est dingue, ça ! À présent que je te regarde, c'est flagrant : tu n'as plus les traits tirés et le visage soucieux de ces derniers mois. Tu as rajeuni de dix ans.

Je confirme : je me sens parfaitement bien, mon esprit est limpide. Je pourrais écrire d'une traite cette satanée notice. Je m'y mets dès qu'on rentre. Tout d'un bloc. Après, on n'en parlera plus. Marjorie s'étonne de ce ton déterminé. Où ai-je passé la nuit, au fait ?

Sous un dolmen.

Pardon ?

Sous un dolmen : je ne me suis jamais senti aussi bien qu'allongé là-dessous. Un sentiment de plénitude m'a envahi. On raconte que ces pierres sont érigées dans des zones telluriques où passe je ne sais quel courant psychique. Il y a peut-être du vrai dans ces légendes… Toujours est-il que si dormir sous un dolmen s'avère si revigorant pour le corps et l'esprit, la région a de quoi offrir de belles cures de bien-être. Sais-tu qu'il y a environ quatre mille de ces mégalithes en France dont huit cents sont situés en Bretagne et Pays de la Loire ? Il y en a partout dans le coin. Pas plus tard qu'hier, aux abords de Mazerolles, j'en ai découvert un abandonné. Et maintenant que j'y pense, quand je me suis assis dessus, j'étais vraiment bien. J'aurais pu m'y endormir si Agnès Charante n'était pas arrivée.

Huit cents… murmure Marjorie. Très intéressant.

À mon tour de m'étonner : cela faisait une éternité qu'elle n'avait pas trouvé intéressant ce que je lui racontais.

1923 : *La Brière* d'Alphonse de Châteaubriant par François Korlowski

Roman riche en paysages, aux descriptions précises et au vocabulaire soigné, *La Brière* dépeint la vie d'un marais, de sa tourbe, ses pâtis et ses landèches. La tourbe, pour ceux qui l'ignorent, est une matière fossile dont je ne développerai pas les qualités combustibles ici – je dirai seulement que son pouvoir calorifique dépasse les 12 000 kJ/kg. Je ne m'appesantirai pas non plus sur les pâtis qui, le soir venant, s'imprègnent des teintes du ciel de laque (couleur 851 Chili Solar Red, selon la nomenclature contemporaine), ni sur les landèches, plantes ayant pour seule distinction des joncs ou des roseaux de former un angle inférieur à quatre-vingt-cinq degrés avec le sol.

Les personnages qui peuplent le roman sont à l'image de leur marais : sauvages, libres et revêches. Le lecteur suivra leurs quêtes entremêlées, celle de documents égarés assurant la protection du territoire face à de vils promoteurs, puis celle d'un amour impossible entre deux jeunes gens de villages voisins. L'indépendance de corps et de cœur restant des sujets universels, le livre fut le plus gros succès d'édition d'entre-deux-guerres.

Les deux intrigues se dénoueront par l'entremise du sacré : les documents disparus s'avéreront cachés sous quelque chose de mystique dont je ne dévoilerai pas la nature exacte afin de ne pas éventer le récit (pour les plus curieux, je dirai seulement qu'il est question d'orthostates millénaires). L'histoire d'amour, quant à elle, aura une conclusion dramatique : la jeune fille éprise mourra je ne dirai comment (un indice : dans un marais, il y a beaucoup d'eau), mais le roman s'achèvera tout de même par un pardon chrétien.

L'auteur, Alphonse de Châteaubriant, n'est pas François-René de Chateaubriand. Pour les différencier, c'est encore plus facile que pour les Dupondt de *Tintin* : Alphonse porte une moustache en forme de T, tandis que François-René porte une moustache en forme de rien du tout puisqu'il fut glabre toute sa vie. Sans doute détestait-il les barbus. Pour preuve, dans ses *Mémoires d'outre-tombe*, il moque l'artiste maudit avec « la barbe non pas entière, non pas rasée, mais grandie un moment par surprise, par oubli, pendant les préoccupations du désespoir » et le dandy avec « des moustaches ou une barbe taillée en rond comme la fraise de la reine Élisabeth ». Alphonse de Châteaubriant se situe pile entre les deux : sa barbe, à la fois foisonnante et entretenue, cache un gentilhomme campagnard tourmenté.

Malgré son esprit accablé que l'on devine déjà dans *La Brière*, Châteaubriant souhaite croire en un avenir meilleur. Il fonde ses espoirs dans une réconciliation mystique entre l'homme et son territoire et s'engage à ouvrir la voie de la raison à ses contemporains. S'il se sent investi de cette mission, c'est que, soldat, il a vu Dieu en périphérie des champs de bataille de 14-18. L'apparition eut lieu dans les règles de l'art : lévitation au-dessus du sol, halo lumineux, voix claire et formules sibyllines. Alors que l'humanité autour de lui se transforme en chair à canon – voire à saucisse –, la possibilité d'une rédemption lui est annoncée.

À son retour de guerre, Alphonse devient nerveusement fragile et artistiquement halluciné. Il cherche à soigner son mal-être en piochant dans les thérapies que son époque lui propose. D'abord avec la médecine d'Émile Coué, ensuite avec la politique d'Adolf Hitler. Curieux mélange qui l'amène à penser que, tous les jours, à tous points de vue, le Führer pourrait rendre le monde meilleur. Médecine douce et dictature dure ont ce point commun de s'appuyer sur l'autopersuasion.

Dans les années 1940, la France occupée, Châteaubriant s'enflamme. Il trouvait déjà Hitler « galbé, la nuque chaude, les mains fines et la bonté sans faille », le voilà à présent qui fonde le Groupe Collaboration, comité des fêtes de l'amitié franco-allemande, ainsi qu'un journal à la gloire du national-socialisme.

À la Libération, conscient de son excès de zèle envers l'occupant, il fuit au fin fond du Tyrol à bord de sa Citroën 11 CV – non sans avoir au préalable pensé à faire le plein d'essence. Peu après, la France le condamne à mort par contumace. Comme il s'avère impossible d'exécuter la sentence sur l'homme, on abat l'œuvre. Curieuse décision, devenue presque habitude, consistant à gommer nos erreurs plutôt que de les expliquer.

Aujourd'hui, Châteaubriant demeure peu connu du grand public. Lui qui, entre deux guerres, vendait autant de livres que peut se reproduire une colonie de six hamsters en un an a disparu de l'histoire littéraire. Ce qui mène à poser la question suivante : plutôt que de déchoir des œuvres et déboulonner des statues, pourquoi n'en érigerait-on pas à la gloire de l'erreur ? De beaux romans et de grandioses sculptures rappelleraient au monde que certains hommes illustres ont été un jour en dessous de tout. Pour éviter toute méprise, chaque modèle à ne pas suivre serait représenté jambes et pieds nus, pantalon et chaussures rangées en retrait : symbole de l'homme à côté de ses pompes.

Ah, elle aurait belle allure, notre statue de Châteaubriant, orteils à l'air, port altier, regard fiévreux, poils en volutes. J'imagine déjà au printemps les mésanges s'établir dans les entrelacs de sa barbe ; leurs zinzinulements lancinants obligeraient les passants à lever les yeux sur cette sculpture de bronze. Sous le bras du Grand Homme, on distinguerait un exemplaire de *La Brière* qui renverrait en miroir, sinon nos erreurs, du moins l'incohérence de bouder une œuvre adulée cent ans plus tôt.

Car s'il est vrai que l'humanité possède sur la nature la supériorité d'être douée de conscience, elle est loin d'être toujours fiable. Nous nous construisons par nos égarements et devons donc les accepter.

L'homme n'est qu'une landèche.

Je dirais même plus : un roseau penchant.

Les six mille caractères sont venus comme ça, d'un coup. J'ai envoyé mon texte le lundi matin. Il a été validé dans la journée par un comité de lecture non pas d'académiciens, mais de correcteurs employés en free-lance. (Ils émirent juste un doute sur le terme *zinzinulement* qui, semble-t-il, n'est pas encore reconnu par le dictionnaire, j'en toucherai un mot à Joseph.)

Début octobre, c'est-à-dire près d'un an après la proposition que m'avait faite Jean-Bastien, je reçois en avant-première un lourd colis : vingt exemplaires d'*Un siècle de Grands Prix de l'Académie française*, chacun enveloppé dans du papier bulle. Je déballe un des ouvrages et recherche aussitôt ma contribution. Pages 22-23 : mon texte est imprimé en police de caractère 8 sur deux colonnes. Les photos, quant à elles, occupent quatre-vingts pour cent de l'espace. À gauche, on retrouve le portrait de Châteaubriant, le même que sur Wikipédia, avec sa belle barbe à la fois foisonnante et entretenue ; à droite, sont reproduites la couverture originale de *La Brière* chez Bernard Grasset Éditeur ainsi qu'une toile postimpressionniste réalisée dans des teintes de laque, signée Ferdinand du Puigaudeau, cousin de Châteaubriant, intitulée *Coucher de soleil en Brière*, tombée dans le domaine public et également disponible sur Wikipédia.

Je me rends ensuite à l'article dédié à Pierre Michon, pages 196-197. Le texte de Ravissand a droit au même traitement que le mien : caractères pattes de mouche, grande photo de l'auteur aux côtés d'Hélène Carrère d'Encausse le jour de sa remise du prix et reproduction de la couverture des *Onze* aux éditions Verdier, ainsi que celles des traductions néerlandaise, anglaise, italienne, allemande, espagnole, catalane et galicienne (respectivement *De Elf*, *The Eleven*, *Gli Undici*, *Die Elf*, *Los Once*, *Els Onze* et *Os Once*).

Lorsque je montre l'ouvrage à Marjorie, elle annonce qu'il faut fêter ça. Louise demande : Fêter quoi ? Ce bel ouvrage avec le nom de ton père à l'intérieur, si, là, regarde, en tout petit… Attends, je vais te chercher la loupe… Découvrir ma signature ravit l'adorable enfant. Parce que le nom imprimé dans le livre est aussi le sien, explique-t-elle. Un peu comme si elle avait été présente tout au long de sa rédaction sans jamais être vraiment présente non plus. C'est vrai… Je songe que Châteaubriant avait lui aussi des enfants, Guy et Robert, dont il ne fut jamais question dans sa biographie. Adultes, ils défendirent pourtant l'œuvre de leur père et c'est grâce à eux qu'elle ne sombra pas complètement dans l'oubli. Robert, par exemple, devint homme de lettres, puis directeur littéraire chez Grasset : c'est à lui qu'on doit la réhabilitation de *La Brière* aux « Cahiers Rouges ». Pauvres rejetons d'écrivains, souvent à l'angle mort de la création, dont le rôle est néanmoins primordial. Je félicite Louise pour sa pertinence d'esprit. Plutôt que des félicitations, elle préférerait avoir un hamster. Surprise ! Je ramène du garage une boîte à chaussures percée de trous. Louise trépigne de joie en apercevant la boule de poils sous le couvercle. Je lui précise que ce n'est pas un hamster, mais un cochon d'Inde, ça évitera qu'il ne se reproduise avec les bestioles de ses copines. Un cochon d'Inde, c'est encore mieux, s'enthousiasme-t-elle. Il est trop mignon avec ses longs poils qui lui tombent dans le cou. Elle va l'appeler Alphonse, comme mon écrivain… Très bon choix.

Marjorie revient à son idée de fête. Elle aussi a quelque chose à célébrer : sa plateforme de réservations de nuitées sous mégalithes rencontre un succès phénoménal. La mise en place de cet Airbnb d'un genre nouveau était un énorme chantier. Marjorie a d'abord développé le concept dans le cadre de ses fonctions en mairie et s'est cantonnée à la location des dolmens de la commune, mais quand la demande a explosé, elle a étendu son activité puis s'est reconvertie en agence de voyages nationale. La plupart des dolmens étant sur des terrains communaux, il a fallu contacter les municipalités une à une. Toutes ont été ravies de collaborer à la location de leurs cailloux qui, jusqu'alors, ne rapportaient quasiment rien au tourisme. Les échanges ont été plus âpres avec les propriétaires privés. Il a fallu négocier durement les contrats d'exploitation. C'est sans doute ce qui a pris le plus de temps. Une fois les accords signés, il ne restait plus qu'à faire de la promotion. C'est là qu'Agnès Charante est intervenue. Marjorie et elles sont amies depuis l'affaire de la Mini Cooper. Avec un reportage sur les vertus ancestrales du sommeil tellurique diffusé sur France 3 au début de l'été, les réservations se sont envolées.

Longue vie à dodolmen.com, dis-je. Pour un site internet, c'est vraiment un très bon nom de… *dolmen*. Nous rions tous trois de bon cœur, preuve que la bonne humeur est au beau fixe. Il y a encore quelques mois, Marjorie m'aurait craché à la gueule pour un si mauvais jeu de mots. Plus sérieusement, me demande-t-elle, qu'est-ce qu'on pourrait organiser pour marquer le coup ? Je propose un barbecue. Elle rit encore. Je lui précise que, cette fois-ci, ce n'est pas une blague. Marjorie me rappelle que je déteste les barbecues, que je galère toujours à allumer le feu et, quand bien même j'y arriverais, nous n'avons pas la moindre saucisse à griller : le châtelain-Bernard-Madoff nous a annoncé il y a peu que le petit producteur avec qui il était en contact était en redressement judiciaire et que, ceci étant, il ne pourra ni honorer sa commande, ni nous rembourser.

Elle a beau chercher à me décourager, je garde mon idée, un barbecue est idéal pour achever mon texte. Cette fois, je ne parle plus de ma notice, mais bien de mon roman qui se déroule ici, dans notre village, à Saint-Mars-du-Désert. Jean-Bastien me pousse à aller jusqu'au bout. Alors qu'il restait dubitatif sur les premiers chapitres, la tournure des événements lui donne envie de lire la suite. Pas plus tard qu'hier, il m'a téléphoné pour me proposer de me publier. Il imagine déjà les bandeaux rouges placés sur l'ouvrage : *AFFAIRE CHARANTE : l'incroyable cavale de l'homme à la Mini Cooper.* Quelques extraits ont été envoyés à Paul Ravissand, il vient de les faire paraître en avant-première dans sa revue littéraire. Agnès Charante (encore elle, décidément quelle bonne amie !) a présenté ces extraits dans son 12/13 en précisant que

La Brière de Châteaubriant était à l'origine de cette mésaventure absurde. La machine est lancée, le *teasing* fonctionne.

Pour tout avouer, je ne sais plus comment me dépêtrer de ce texte né malgré moi alors que je devais m'intéresser à Châteaubriant. Je suis tombé dans le piège ô combien moderne qui consiste à écrire sur soi alors qu'on est censé parler des autres. Je décide donc de conclure par une pirouette stylistique : finir l'histoire comme elle a commencé, par un barbecue. Faire référence à l'éternel retour nietzschéen, ce qui donnera tout de même un certain cachet à l'œuvre, même s'il s'agit ici de l'éternel retour de la saucisse.

Mon idée est de profiter aussi de la soirée pour écouler les vingt exemplaires de l'Académie française, ça remboursera la facture du remorquage de la Mini Cooper de mars dernier. Nous commandons des grillades et faisons savoir par le bouche-à-oreille que la fête est ouverte à tous. À côté du barbecue, sur une petite table de jardin, j'expose ma pile d'*Un siècle de Grands Prix* avec des Post-it collés aux couvertures : EN DÉDICACE : UN LIVRE ACHETÉ, UNE SAUCISSE OFFERTE. De gros moustiques volent autour de moi, mais je ne m'en soucie guère. Même s'ils sont encore nombreux cette année, ils sont plus attirés par mes mollets nus sous mon pantacourt que par mes livres : tout est rentré dans l'ordre. Pour les enfants – ne les oublions pas –, je jette dans l'herbe le papier bulle du colis. Ils pourront se ruer dessus, s'appliquer à l'exploser et nous serons tranquilles pour la soirée. Alors que je dispose les brindilles et le charbon de bois dans l'âtre, le châtelain et son épouse sont les premiers à se présenter. Le châtelain s'approche du livre et le feuillette. Accepterais-je de le lui dédicacer ? Ce n'est pas un mauvais bougre, finalement. J'ouvre un exemplaire. J'hésite à écrire : *Pour Bernard Madoff, un livre qui vaut son pesant de saucisses.* Mais comme ce type fournit l'effort de m'acheter un ouvrage dont il se fout, je me ravise. Il est ici pour faire la paix. Depuis que Marjorie a créé son site internet, les touristes préfèrent réserver sur la commune des nuits au dolmen des trois pierres plutôt qu'en chambre d'hôte. Pour lui, le manque à gagner est considérable. Nous sommes quittes. Je pourrais le taquiner gentiment : *Pour Bernard, un livre qui vaut son pesant de dolmens*, mais je pense savoir que le châtelain a gardé ma quatre-vingt-huitième photo de Hitler par-devers lui. Je ne sais pas très bien ce qu'il pourrait en faire, les gendarmes ont déjà vu les quatre-vingt-sept autres, l'affaire est classée, mais méfions-nous tout de même… Je me contente d'écrire : *Pour mon ami, un livre qui vaut son pesant de sanglier.* Ça ne veut rien dire, mais ça a le mérite de faire une brève allusion à quelque chose que nous avons partagé.

Un type que je n'ai jamais vu se présente à son tour. Il m'annonce être employé aux espaces verts de la mairie. Marjorie le connaît vaguement, elle le salue sans toutefois retrouver son nom. Je lui demande s'il souhaite me prendre un livre. Il me répond que non, que ça serait plutôt le contraire, il voudrait m'en rendre un. Comment ça ? Il m'explique : ça fait un moment que c'est arrivé. Précisément l'hiver dernier, le jour où un sanglier a été aperçu près de l'école primaire. Il y avait un vent terrible, une large branche de chêne alourdie par ses glands est tombée dans le square du presbytère. Le lendemain, lorsqu'il a déblayé les feuilles, il a trouvé un livre intitulé *La Brière* à proximité d'un banc. Pendant près d'un an, il l'a gardé sans savoir à qui le rendre. Dernièrement, sur France 3, il a entendu parler de mon projet d'écriture. Il en a déduit que l'objet m'appartenait, conclut-il en sortant de sa poche l'exemplaire des « Cahiers Rouges ».

Je le remercie et lui avoue avoir cru un temps me l'être fait voler par le sanglier de l'école, justement. Je ris de ma naïveté. Tout cela n'est plus qu'un mauvais rêve… Une lueur s'allume dans les yeux de l'homme. Il me dit s'intéresser à l'interprétation des rêves. Le sanglier symbolise un moi sauvage et antisocial que chacun possède en soi, m'explique-t-il. Lorsqu'il apparaît en rêve, il figure l'ennemi puissant difficile à vaincre. Il renvoie aussi à la solitude, comme celle du chasseur, ou à un retrait de la société qui n'aide pas à comprendre comment fonctionne réellement son ennemi. Le rêve du sanglier est souvent le signe qu'on se trompe de cible, mais tout ça, vous devez le savoir puisque vous êtes écrivain.

Je ne sais pas comment traduire sa dernière phrase. En tant qu'écrivain, suis-je censé tout savoir ? Ou bien dois-je simplement savoir ce que signifie se tromper de cible, puisque je suis écrivain ? L'homme s'éloigne sans que j'aie le temps de lui poser la question.

En troisième position, un homme en costard se présente comme le directeur du Super U d'à côté. Il m'achète un livre, puis me serre chaleureusement la main. Il a lu les extraits de mon futur roman dans la revue littéraire de Ravissand. C'est la direction régionale qui a eu vent de la publication et qui l'a aussitôt prévenu. Système U est enchanté du portrait que je fais du magasin. Cette publicité marquera à la fois le monde littéraire et celui de la grande distribution. Pour me remercier, l'homme souhaiterait me rendre hommage. Le parking du supermarché se nomme jusqu'à présent « Beau-Soleil » : appellation passe-partout et sans réelle identité propre. Accepterais-je qu'on le rebaptise à mon nom ? Le parking Korlowski du Super U, ça rendrait bien, n'est-ce pas ?

Les cris de Louise coupent court à notre conversation : Alphonse s'étouffe ! Il a avalé du papier bulle. La pauvre bête est mal en point, elle ahane, convulse et roule dans l'herbe. Je me précipite et cherche à lui tirer le corps étranger du fond de la gorge. Dans un réflexe de survie, Alphonse serre les dents et m'entaille le pouce. Je tente un massage cardiaque du bout de mon auriculaire. Tout ce que je parviens à produire, ce sont des petits *pops* réguliers en cascade. Ce cochon d'Inde s'est mué en papier bulle vivant. Où que l'on appuie à présent, les alvéoles de plastiques se percent. Il n'y a plus rien à faire : les voies respiratoires sont obstruées. Il ne bouge plus. Alphonse meurt, tué par un symbole de packaging commercial. Louise est en pleurs. Marjorie la serre dans les bras. Je promets de lui racheter très rapidement un autre animal. Le même. Identique. On ne verra pas la différence.

Même s'il lui ressemble comme un frère, hoquette Louise, ça ne sera jamais le même.

J'abandonne le jardin, le cochon d'Inde dans une main, *La Brière* dans l'autre. Je rentre dans la maison par la porte-fenêtre du salon. Je pose Alphonse sur la table et me dirige vers la bibliothèque. Dans les rayonnages, je place *La Brière* à côté de son jumeau *La Brière*. Sur les dos rigoureusement identiques, les deux noms se collent l'un à l'autre : Châteaubriant et Châteaubriant. Les considérant pour la première fois côte à côte, je comprends que, dans la vie, comme deux Dupondt fondus en un seul, chaque homme est son propre double.

Bibliographie

Alphonse de Châteaubriant 1877-1951. Dossier littéraire et politique, Louis-Alphonse Maugendre, éditions André Bonne, 1977.

« L'un et l'autre. Correspondance entre Romain Rolland et Alphonse de Châteaubriant, tome II », préface et annotations par Louis-Alphonse Maugendre, *Cahiers Romain Rolland*, n° 30, Albin Michel, 1996.

Qui suis-je ? Châteaubriant, Thierry Bouclier, éditions Pardès, 2019.

La Brière d'Alphonse de Châteaubriant, Claude Bily et Jean-Joël Bregeon, éditions La Geste, 2020.

La Brière, Alphonse de Châteaubriant, Grasset, « Les Cahiers Rouges », 1985.

Les extraits en français de *Moby Dick* d'Herman Melville sont tirés de la traduction d'Armel Guerne, éditions Phébus « Libretto », 2005.

En revanche, François Crucy n'a jamais publié de portrait de Châteaubriant dans *Le Petit Parisien* en 1923.

Cet ouvrage a été mis en pages par

<pixellence>

CET OUVRAGE
A ÉTÉ ACHEVÉ D'IMPRIMER
SUR ROTO-PAGE
PAR L'IMPRIMERIE FLOCH
À MAYENNE EN NOVEMBRE 2022

N° d'édition : 446486-0. N° d'impression : 101491
Dépôt légal : janvier 2023
Imprimé en France